相思传系列

江湖远

【仗剑走天涯】

杨千紫 著

漓江出版社
桂林

图书在版编目(CIP)数据

江湖远：仗剑走天涯 / 杨千紫 著. —桂林：漓江出版社，2017.8
(相思传系列)
ISBN 978-7-5407-8077-7

Ⅰ. ①江… Ⅱ. ①杨… Ⅲ. ①短篇小说－小说集－中国－当代 Ⅳ. ①I247.7

中国版本图书馆 CIP 数据核字(2017)第 101173 号

策　　划：景迷霞
责任编辑：叶　子
封面设计：何　萌
责任营销：景迷霞

出版人：刘迪才
漓江出版社有限公司出版发行
广西桂林市南环路 22 号　邮政编码：541002
网址：http://www.lijiangbook.com
全国新华书店经销
销售热线：0773-2583322

北京汇瑞嘉合文化发展有限公司
(北京市经济技术开发区荣华南路 10 号院　邮政编码：100176)
开本：880mm×1 230mm　1/32
印张：7.25　字数：120 千字
2017 年 8 月第 1 版　2017 年 8 月第 1 次印刷
定价：32.00 元

目录

凤舞九天

清晰记得那个漆黑如墨的夜晚，星澈斜倚在绚烂的樱花树下，眼角眉梢流露出那一丝尘埃般的落寞。邪魅的表情退去，蓦然间，又似孩童般孤独无助。

我远远望着他，十指莫名绞在一起，心头骤然掠过细碎柔软的疼。

星澈抬头看我，冰镜瞳仁盈盈一弯，露出一个倾城绝美的笑容，声音远若天籁。

他说，阮素蘅，不要爱上我。我不会让你死。

可是你会生不如死。

一

白练般的瀑布飞流直下，落在清浅的璧月潭里，水花四溅，阳光被绞成晶亮的碎末，溶入一漾一漾的水波中。哗哗的水声，应和着舞剑的风声，空灵如绝唱。

我站在水中央舞剑，寒光一闪，长剑直直劈入河流中，溅起三丈高的一道水柱。噼啪坠落间，透过晶莹碎裂的水珠，我看到一张出尘邪艳的脸，胜雪的白衣翻飞在和煦的风里，远远看去，宛若谪仙，狭长的凤眼斜睥着我，嫣然的唇角扬起一抹凉薄的笑意。

“你的剑法长进很快。”星澈微笑着说。那笑容，温柔纯美，却有一丝掩不住的邪气掠动在那晶亮如玉的眼眸里。

“全凭师傅教导得好。”听了他的称赞，我心中涌出一阵欣喜，表面上却只是不动声色地颔首，淡淡地说。

星澈微微皱了皱眉，说：“我说过，不要叫我师傅。”

“那我应该叫你什么？义父？宫主？还是连名带姓地叫你连星澈？又或者像你对我一样，只用一个‘你’字就好？”我的声音仍然寡淡平静，可是眼中却汹涌而出一种巨大的酸楚，化成酸涩的哀伤，一瞬间倒流进心里。

七年了。这个男人将我带在身边七年，我的世界里只有他，可是在他的世界里，我只是异常微小的一部分。微小得可以忽略不计。他到底当我是什么？他将我养大，教我武功，将我藏在独步武林的星魔宫里，日夕习武，寂寞为伴，连个身份都不肯给我。

以前每次他来看我，我都会开心得几乎要掉下泪来，扯着他的袖子不肯让他走。于是，他来的次数越来越少。渐渐地，我也终于学会，在他面前作出一副冰冷淡漠的表情，似乎只有这样，他才不会厌烦我。

“你累了。早点休息。”星澈依旧笑着看我，对我方才针锋相对的话语恍若未闻。

“遵——命。”我一字一顿地说。转身朝飞花小筑走去，背影无助而疲惫。这样的星澈，真的让我觉得累。星魔宫宫主连星澈，武林中声名显赫的大魔头，传说中有倾城之姿的绝色男子，如此接近地站在我面前，我却觉得他好远好远，仿佛倾我一生都靠近不了。

“等等。”星澈慵懒空灵的声音自我身后响起。我顿住脚步，心跳骤然加速。他要跟我说什么？一瞬间，心中竟满是期待。“凤仪剑法你已练得不错。该是增进内力的时候了。”我听懂了他话里的意思，后背骤然一紧，一阵铺天盖地的寒意袭来。我的身体瞬间僵硬，刻骨的恐惧如藤蔓般缠紧了我的心。

星魔宫的内功心法本属邪派，是天下至阴至毒的一派功夫。每杀一个至亲至爱的人，内功便会相应加深。换句话说，被杀的那个人越是亲近，我所获得的内功便越是深厚。这几年来，星澈为了提升我的武功，已经逼我杀了许多人。我的世界本就空旷荒芜，除了侍女碧心，就真的再没有一个亲近的人了。可是若真的连她都杀了，我就再没有什么可以失去的了……

“星澈，对不起。方才我不该那样冲撞你。”我腿一软，心中灌满了慌乱，竟径自跪在他面前。“教我剑法的秦师傅，教我琴棋书画的莫师傅，还有教我使用暗器的上官师傅……素蘅已经杀了太多太多无辜的人，背负太多太多的罪孽，求求你，这一次，放过碧心吧……”我双手伏地，哀哀地说，眼泪汩汩地涌出来，只觉方才倔强的自己那么可笑。明明被他死死掌控在手心里，又为何要挣扎，为何要任性，能换来的，也只是更大的伤害而已。

星澈总是笑着让我杀人。每一次所杀掉的，比之前一个，都是与我感情更为深厚的人。碧心伺候我将近七年，也是这星魔宫里唯一一个我可以信赖的人，若是她也死了，我就连一个可以说话的人都没有了。想起漆黑寂静的夜里，冰冷如霜的月光落在空旷的房间，我躺在床上嚅动着双唇，却再也发不出声音来，因为我知道，没有一个人回应我……这种想法让我空前地恐惧。

星澈淡漠地看我，笑容高贵而疏离，狭长的凤眼中邪气冲天。还记得他第一次让我杀的是教我剑法的秦师傅。秦师傅为人严厉，对我态度很差，时常为了一招半式的错误罚我跪在殿前一整夜。我不喜欢他，却也从未想过要杀他。星澈笑着对我说，半个时辰之后，如果他还活着，死的人就会是你。

那时的我尚年幼，总觉得像星澈这样外表出尘美丽的人，必会有一颗善良清澈的心。我摇摇头，傻傻地说："你不会杀我的。"

话音未落，只听砰的一声，耳朵左侧的墙上便多了一个小孔，我头上一缕青丝缓缓飘落到地上，在空中划过一道悠然单薄的弧线。

"我会。"星澈轻扬唇角，此刻的笑容妖魅无比。他是个言出必行的人，所以这简单的两个字，让我身体瞬间僵硬，仿佛连血液都凝固住。

我是个怕死的人。于是，在这场悬殊的抗争中，我很快便屈服。正如星澈所说，我天生就是适合练武的女子。秦师傅的确已经不是我的对手。眼见他倒在地上，我后退一步，竟再也站不稳，一下跌在墙角，手中还握着那把带血的剑。方才金属刺入人身体的那种声音还清晰环绕在我耳边。我蜷缩在角落里，瑟瑟地发抖。星澈走到我身边，满意地扬起唇角。眼睛弯弯的，笑得十分惬意。他伸出修长白皙的手指为我揩去溅在脸上的血迹，声音温柔动听，口中呼出的热气萦绕在我耳边，说："杀人的快感，是不是很难忘？这就是操纵人生死的乐趣。"我的手一抖，沾血的剑"啪"一声落在地上。侧过头惊恐地看他，那张绝世倾城的面孔，第一次让我觉得心寒而痛楚。

"素蘅小姐。"正在恍惚之间，透过蒙眬的泪眼，我看见碧心素净恬淡的脸。她款款向我走来，一如既往地颔着首。星澈倚在溪边的大石上，漫不经心地看我，说："如果你不选择，就会变成被选择的那一个。一炷香之后，如果她活着，死的人就会是你。"说完，他索性拂了拂石上的尘土，懒懒坐下，神态悠然得仿佛在看一场与己无关的戏。风吹动他似雪的白衣，远远望去，竟如诗画一般。

时间一点一点流逝，我的眼泪源源不断地涌出来，终于干涸。我是个自私的女人，所以最终，我选择保住自己。

"连星澈，我恨你。"我紧咬着牙说，伸直了颤抖的手臂，在空中划过璀璨的剑花，直直插入碧心胸口，深入心房，鲜血直流。我看着她苍白的脸庞，眼眶干涩地疼痛起来，再一次，泪如泉涌。

碧心缓缓倒在地上，用尽最后的力气望向星澈，眸子里泛出一抹深深的留恋来，唇边绽放着心甘情愿的笑容，仿佛可以死在他面前，都足以让她安然离去。我跌坐在地上，瞬间恍然，却也更加心痛。想必碧心早就知道她会得到这样的结果，可是为了在她的世界里高高在上的星澈，她安然等待这一天，仿佛只要可以为星澈做些什么，哪怕是再微小的事情，她也不枉此生了。星澈淡淡地睥了她一眼，面无表情，仿佛在看一条肮脏的狗。

我靠着树干坐着，身体微微颤抖，看着碧心缓缓闭上无限留恋的眼睛，我的声音微不可闻，麻木地重复着方才那个句子："连星澈，我恨你。"

"无欲则刚。这个道理，你迟早都会明白。"星澈飘然行至我身边，伸手揩去我脸上的泪水，声音中竟隐隐泛着一丝温柔。

"好一句无欲则刚。可是你要知道,总有一天,我也会这样对待你。"我垂下头,不想让他看见我哀伤无望的眼眸。我好怕自己的下场早晚会跟碧心一样,怀着无限眷恋为他而死,而他甚至不会多看我一眼。

星澈抬起我的下巴,让我不得不直视他的眼眸。脸上的笑容一瞬间邪艳无比,薄唇轻扬。他说:"我等着你。"

二

碧心死后,我不知是因为寂寞,还是兔死狐悲的绝望,染了很重的风寒,大病一场。星澈派了个新侍女给我,叫蝶舞,人亦如其名,身姿婀娜,面容妩媚。我不愿再给星澈伤害我的机会,是以誓死不肯再投入感情,对她十分冷淡,依旧独来独往。

星澈许久未来。我心中因为碧心的死而涌起的满满恨意,竟随着时间的流逝,化成一股无法自控的思念来。今夜月光皎皎,我遣退了蝶舞,独自坐在窗前,呆呆望着遥远而清冷的一轮明月,脑中回想起星澈的一颦一笑,竟自痴了。

"在想什么?"一个陌生的声音无比接近地在我身侧响起,我猛地回过头,才发现对面不知何时坐了一个锦衣男子,刀削一样的轮廓,眉眼细长,鼻梁直挺,虽远不及星澈俊美,却别有一番逼人的英气。我的心一惊,倏地站起身,一阵慌乱无声地蔓延至全身。当今武林,我自问武功不弱,却连他何时坐到我身边都不知道,若是他想,一下便能取了我的性命。

“你是什么人?”我退后一步,直直逼视着他,右手紧紧握住剑鞘。

“秦风雅。”锦衣男子淡淡一笑,径自倒了杯茶,轻抿一口,神态悠然地说。

“哦。是你。”我松了手,重新坐回椅子上,淡淡地说。

名动江湖的风神帮帮主秦风雅。今日纵使有十个阮素蘅在这里,也依然不是他的对手。所以与其作无谓的抵抗,倒不如听天由命了。

看到我的反应,秦风雅微微一怔,随即浅笑着倒了杯茶给我,说:“厉剑山庄大小姐,被连星澈留在身边七年的阮素蘅,果然有其特别之处。”

“秦帮主今夜光临寒舍,仅仅是为了称赞我的吗?”我抿了口茶,笑着问。

“秦某深夜造访,无非是想让阮姑娘知道一些你应该知道的事情。”秦风雅脸上始终挂着一丝浅笑,与星澈那种邪魅的笑容不同,寡淡如水,却又温柔异常。

我挑了挑眉,示意他说下去。

“二十年前,极邪的星魔宫,极正的厉剑山庄和超脱尘世的风神帮三分天下,三足鼎立。新任宫主连星澈执掌星魔宫,邪派势力迅速崛起,却也相安无事。直到厉剑山庄庄主诞下一女,生于阴年阴月阴日阴时,全身经脉融会贯通,本身是个练武奇才,同时也是助人练功的绝好材料。”秦风雅顿了顿,见我毫无反应,又接着说,“星魔宫所练的武功乃是天下至阴至寒的功夫,若要练成最后一招风舞九天,必须要有一个生辰极阴的女子做鼎，为他吸去练功过程中所产生的寒气，方能练成这天下无敌的绝技，可是为他做鼎的女子则会全身冻透而死。”

“聪明如你，该知道我说的话是什么意思。当年年少气盛的连星澈为了抓你做练功的鼎，不惜灭掉整个厉剑山庄，杀你爹娘，毁你家园，把你囚禁在星魔宫七年。你的武功越高，助他练功的能力也就越大，所以他并不急着杀你。”秦风雅看着表情瞬间僵硬的我，唇边扬起一抹微小温润的笑意。

“来说是非事，便是是非人。秦帮主一表人才，可不像这么无聊的人呢。”我顿了顿，僵硬的表情瞬间退去，换上一抹风轻云淡的笑容。

秦风雅一怔。随即温温地看着我，眼眸如春水，说：“原来，你早就知道。”

我当然知道。连星澈灭我厉剑山庄，把我囚禁在星魔宫后山的飞花小筑里七年，只因为我是至阴时辰出生的女子，可以助他练成武林至高无上的杀招凤舞九天。这些我早就知道，之所以委曲求全地听他安排，日夜苦练武功，也不过是为了有朝一日，我可以变得比他更强，亲手杀他，为厉剑山庄报仇。

可是，究竟是从什么时候起，一种销魂蚀骨的迷恋，渐渐冲淡了那种仇恨？取而代之的是煎熬又苦涩的一片柔情，日以继夜地折磨着自己因为孤独而恐惧的心。

辗转七年，很多事都并非我能掌控。我从懵懂孩童长成了一个凉薄的女子，心中也种下了一个最不应该出现的名字：连星澈。灭我族人的仇敌，同时，也是一个永远不会爱上我的人。

“厉剑山庄倒了，风神帮与星魔宫早就誓不两立，在江湖上斗了多年，你现在才来拉拢我?”我从回忆中抽回思绪，看着这江湖上传得神乎其神的绝世高手秦风雅，颇有些戏谑地说。

“阮素蘅，连星澈的命对你来说很重要。报仇，亦是自救。我可以帮你。”秦风雅对我的暗讽不以为忤，脸上依然挂着好看的笑容。

“这是我与连星澈之间的事，与你无关，也用不着你帮。”我眸子一黯，冷冷地说。秦风雅提醒我想起那些我一直在逃避的事情，比如报仇，比如当我的武功足够配合他练功，星澈便会杀掉我。

“你可以不接受，可是我的承诺一直有效。如果你改变主意，随时到风神帮来找我。”秦风雅的涵养真是让我叹为观止，好歹也是名动江湖的武林高手，被我这无名小卒冷漠相向，却依然面无半点愠色。

“请。”我不由得有些自惭形秽，稍微收敛，垂首做个手势。再一抬头，眼前却已经没有他的身影。心里暗自叹道，秦风雅如此武功，都不是星澈的对手么？倘若他再练成凤舞九天，当今天下，定无人再能出其右。

当星澈练成凤舞九天那一日，便也是我为他死的时候了。

胸中又是一痛。

三

风寒渐渐痊愈，剑术已经几日未练。身后响起稀薄的掌声。我回头，只见星澈不知何时起站在我身后，懒懒地拍着掌，黑玉一样的眸子中却隐隐蕴含着一丝冷意。

蓦地见到他，我胸中一热，紧接着又泛出一阵铺天盖地的酸楚，低着头在他面前快步走过，我实在是不知道该如何面对他。

“站住。”星澈的声音冷冷的，前所未有。

我顿住脚步，没有回头。

“昨晚秦风雅来过?”星澈走到我跟前，面无表情地看着我的眼睛。

“……你派人监视我?”我一惊，心中涌出一种无端的愤怒来。原来他明知我生病，明知我每晚都落寞地坐在窗前，一坐就是好几个时辰……可是却连来看看我都不肯，任我一个人孤独地颓败下去。

“他跟你说了什么?”星澈完全没有理会我话语中的愠怒。

“呵，还能说什么？你这人也没做过什么好事，他自然不是来歌功颂德的。”我冷笑一声，没好气地说。

“不用你说，我也自然知道他为什么来找你。”星澈眸子冷峻如冰，灼灼逼视着我，说，“可是秦风雅素来偏执，若不是你顺了他的意思，他怎么会错过这个杀你的机会？没有你，我便练不成凤舞九天，风神帮便可安枕无忧。”

我一怔，心头掠过一丝茫然。星澈说得也不无道理，没有我他就练不成凤舞九天，秦风雅既然想跟星澈抗衡，昨晚为何不杀我？可我倔强地回望着他，嘴硬地说：“秦帮主温文尔雅，你以为人人都像你这么冷血残暴吗?”

星澈冰冷的眸子中瞬间掠过一丝火花一样的愤怒，转瞬即逝。转身背对着我说：“阮素蘅，你还真是个异类。夜半私会陌生男子，还敢这么理直气壮地说话。看来你们相处甚欢，你答应他什么了？”

“帮他杀你。”我脑子一热，咬牙切齿地吐出这四个字。

“你要为了那个男人背叛我？”星澈猛地回过头来，双目灼灼地看着我的眼睛。

“我从来都没有归顺过你，又何来背叛呢？”看到星澈绝美的脸上露出一丝忐忑的表情，我心中竟生出一种凛冽的快感。“连星澈，难道我不应该恨你吗？如果不是你，我现在还是厉剑山庄大小姐，众星捧月，嫁个宠我爱我的男子，一生快乐无忧。是你，一手毁灭了我的幸福！”

我定定地回望着星澈，眼泪无声无息地倾泻而下，声音低了许多，几乎微不可闻。“或者说，从我七年前第一次见到你的那一刻起，我这一生，都不可能再得到幸福。因为我爱上了我的仇人，同时也是，一个永远不会爱上自己的人。”

我从来没有想过，自己会在这样的情况下，说出对星澈隐忍多年的爱，却又仿佛山涧流水，水到渠成。有些话，憋在心里太久，的确会很辛苦。如今说了出来，反倒轻松许多。

星澈重重一怔，表情明显地僵了一下，绝美出尘的脸庞一瞬间茫然如孩童。

“既然明知道这份感情无法得到回应，又何必扰人扰己？阮素蘅，收起这些话。你没有资格。”星澈很快神色如常，唇边漾起一抹干涩的笑意，一字一顿地说。

你没有资格。这几个字由他动听的声音说出，字字刺入我心。

我眼眶一酸，霎时泪流满面。想说些什么来刺回去，嘴唇微微颤抖着，徒劳地开合，却发不出任何声音来。

“蝶舞，过来。”星澈背对着我离开，声音飘忽而暧昧。

蝶舞翩然而至，她有一段纤细的腰肢，还有妩媚的眉眼。她轻轻投入星澈怀中，星澈揽着她站在阳光下，在地上映出柔情蜜意的剪影。星澈侧过头，没有看我，说：“天下女子我呼之即来，如果你想要这些，我也可以给你。”星澈俯身吻向蝶舞的唇，舌尖纠结，极尽缠绵。蝶舞双手环住他的颈，一脸幸福地闭上眼睛。

我忽然双腿一软，微微后退两步，背靠着大榕树站好，勉强支撑着不让自己跌坐到地上。浑身因为一种刻骨的愤怒和哀伤而颤抖起来。

连星澈，你怎么可以这样。就算再不屑我的感情，也不用这样羞辱我。星魔宫宫主连星澈，名动天下，俊美无俦，世间有多少女子甘愿投怀送抱。我知道他不缺女人，只是，没想到连我的侍女都可以作为他伤害我的工具。

我咬住嘴唇，用手背胡乱擦了擦脸上的泪水，转身跑向葱郁茂密的树林里。脑中一片空白，只有空旷的风声簌簌地在耳边回响。

四

暮色四合，我一夜未归。

星澈走过来吻我，深深地，让我几乎不能呼吸。双手渐渐环上他单薄的脊背，因为此时此刻，他心中的空旷那么昭然。

星澈孤芳自赏，目下无尘。心中高处不胜寒的落寞，便也累积了这么多年。

他很寂寞。他一直都很寂寞。

那一夜，烛火煌煌，风月无边。仿佛这一刻，是我此生最接近星澈的时候。宛如饮鸩止渴，我却越来越离不开他。

只要可以多靠近他一点，我真真愿意为他赴汤蹈火。

五

星澈无声地望向我，眸子幽深如海，透着一抹难以言说的无奈。

看着他的表情，我脸上那抹娇羞的红晕蓦然消退，恍然发现自己心里还是溢满了不该有的希冀。星澈身边从来不缺女人。只要他挥挥手，就会有多少女人为他赴汤蹈火。这一夜风月，对他来说根本不算什么。

我藏起眼中的落寞，笑了笑，说："一切都是我自愿的，也是我自找的。以后你只要继续当我是从前的阮素蘅就好。我会帮你练成凤舞九天。"

"蘅儿……"这是星澈第一次这样温柔地叫我名字。

我想我永远不会忘记，那个漆黑如墨的夜晚，星澈斜倚在绚烂的樱花树下，眼角眉梢流露出那一丝尘埃般的落寞。邪魅的表情退去，蓦然间，孩童般孤独无助。

我远远望着他，十指莫名绞在一起，心头骤然掠过细碎柔软的疼。

星澈抬头看我，冰镜瞳仁盈盈一弯，露出一个倾城绝美的笑容，声音远若天籁。

他说，蘅儿，不要爱上我。我不会让你死。

可是你会生不如死。

六

武林大会的日子更近了。到时星魔宫跟风神帮便要一决胜负。

江湖上总是有人说，正邪不两立。其实谁是正，谁是邪，又该如何明确评断？立场不同罢了。比起星澈这种昭然的邪恶，伪君子更让我不齿。

那一日，星澈已经许久未来，我想他，刚刚走出飞花小筑要去找他，却在葱郁碧绿的大榕树下看到秦风雅颀长的身影。他的轻功进步了许多，一袭绛紫色锦衣，飘然立于柔软的枝头，本是个翩翩佳公子，脸上依然挂着那抹温柔的笑容。

“素蘅，武林大会之期已经近在咫尺，连星澈若想稳操胜券，势必要练成凤舞九天。你跟我走，我会保你周全。”秦风雅翩然而下，走上前一步，一脸真挚。

“……素蘅谢过秦公子的美意。我这辈子都不会离开星澈。”我颔首，淡淡地说，转身离开。或许他真是要来救我的。可是我却像其他所有迷恋星澈的女子一样，他让我生我便生，他让我死我便死，万劫不复，不肯自救。

秦风雅猛地扼住我的手腕，声音里带着难以置信，一字一顿地说：

“为什么?”

“因为我已经是他的人了。”我甩开他的手,不想再作纠缠。

秦风雅温润的双眸瞬间掠过一丝刻骨的恨意,目光往我身后一掠,瞬间将我揽在怀里,右手抽出腰间的软剑,眼前银光一闪,那剑便已抵在我颈上,寒气逼人。

“我要凤舞九天的秘籍,或者她的命。你来选择。”秦风雅的声音冷冷的,眼神中带着明晃晃的恨意,近乎暴虐地将我扣在怀里。然后我就顺着他的目光,看到白衣翩然的星澈。他站在离我不远的地方,一脸淡然。

在那一瞬间,我竟然很怕亲耳听到星澈的答案。我在他心中是什么位置,我自己一直很清楚。在他的世界里,凤舞九天比我重要何止千百倍,秦风雅根本没有必要说出这样的话来伤我的心。因为星澈的选择,我和他都心知肚明。

“要杀便杀,不必这么啰唆。”我一头朝脖颈上的长剑撞去,秦风雅一愣,手下意识地往后一撤,几乎同一时间,星澈的银镖击断了他手中的剑。

“原来你真的为她动了情。”秦风雅眼中掠过一丝转瞬即逝的妒意,取而代之的是一抹幸灾乐祸。

“星魔宫的武功乃是邪派,想要练到上乘,必须忘情弃爱。若要练成凤舞九天,则更要断情绝爱。连星澈,你应该知道,一旦动了真情,你的功力便会骤减。”秦风雅与星澈面对面站着,唇边的笑容凝固成冷然的恨意。

一道紫光呼啸而过，我还未来得及看清楚，秦风雅便已经与星澈战斗在一起。绝顶高手过招，处处是杀机。秦风雅练成了风神帮的风神剑，较之以前本就强了许多，再加上星澈的内功威力减弱，星澈终于渐渐落了下风。

我心中一软。

难道秦风雅说的是真的？

星澈……他为我动了情，所以才迟迟不练凤舞九天？这个念头尚且来不及多想，只见秦风雅汇集所有内力于右手掌心，狠狠击向星澈胸口……几乎是下意识地，我飞身过去紧紧抱住星澈，用自己的身体挡在他身前……

星澈轻轻揽住我的腰，温柔地看着我，乌黑的眼眸从未有过地柔软起来……不过电光石火间的事情，星澈抱着我在空中旋转一周，背对着秦风雅的掌心，唇边扬起一抹笑容。

“就算我为她动情，你也依然不是我的对手。”星澈抱着我安然落地，受了秦风雅一掌，却依然毫发无伤。

秦风雅面上的笑容如冰封般凝固，左边肩膀上的三个小孔霎时血如泉涌。

“杀了他。”星澈微笑着对我说。

我一愣。随即举剑，面无表情地刺向秦风雅的颈。

这是第一次我心甘情愿地为他杀人。

因为只要秦风雅活着，对星澈来说就是个威胁。

我不可以冒这个险。

七

很多年以后，我才真正懂得了星澈的寂寞。

深深爱上一个明知道不可以去爱的人，那才是真正的寂寞。

飞花小筑依旧青山绿水，鸟语花香。

只是物是人非。

我一个人孤独而平静地活着，守着我与星澈之间点点滴滴的回忆，日复一日，永恒而无望。

没有人知道，那日秦风雅死后，星澈走过来紧紧抱我，嘴角蓦地渗出一抹殷红的血迹来。汇集秦风雅所有内力的一掌，也击碎了我前世今生所有的盼望。那一日，星澈用几十年的内力支撑到最后一刻，眼看着我亲手杀掉秦风雅，这才安然倒地。

“蘅儿，其实我早就知道，自己是练不成凤舞九天的。因为我舍不得去伤害自己最爱的人。”星澈的笑容温柔而清澈，倚在我怀里，婴儿般纯美。

这是他留给我的最后一句话。

我笑。泪流满面。

尘光碎痕

一

我叫洪七，住在凤凰山脚下一个小村落里。我家门前有一条清澈的河，蜿蜒曲折，宽处阔若洪湖，窄处不及成年男子一步宽，不动声色地贯穿了整个村落。

绿竹就住在我家对面，河的另一边。此处正值河水宽泛处，一眼望过去，竟似一片平静的海。

想来自出生起，我与绿竹之间的距离就已经如此不着边际。看似遥远，实则只要略绕几步就可一步越过。原来有些事，只有事后才看得清楚。小时候懂得去争取的事情，长大了反而犹豫懦弱起来。

我经常往北走一里多路到河水狭窄处跃到对岸找绿竹。她总是身着一袭淡绿纱衣安静地站在河边对我浅笑，细碎的阳光洒在她如瀑的青丝上，宛如画中的凌波仙子。那是一种美艳妖娆的清纯，面白如纸，唇红如血，笑靥如花，眼睛似一泓幽深的清潭，波光潋滟，晶亮摄人。

绿竹是个很倔强偏执的孩子，如果我有一天没有来看她，她就恼得整整七天不肯跟我说话。两黛秀眉微微蹙在一起，好像受了天大的委屈。

其实，我只有一次没有去看她。那天，我被太尉府的人打断了腿。

很多时候我们会一起坐在山脚下的大岩石上肩靠着肩看夕阳。绿竹轻轻拉扯我的袖子问："七哥，你说，过了这座山，另一边会是什么地方。”

我转过头去看她，她一脸憧憬期盼的表情，像极了雨后湿润莹亮的翠竹。我很想告诉她，山的另一边，应该是另一座山吧。可能翻过山后，你会发现没什么特别。回望之下，可能会觉得这一边更好。但我知道她不会听，以她的性格，自己不走过又怎会甘心？即使嘴上不说，心里也会以为我在敷衍她。

我这样接近地望着她，忽然觉得她和我之间的距离是我此生都无法逾越的。我们此时这样接近，可是我却总有一天要失去她。这一刻，我很想紧紧抱住她，对她说你永远不要离开我。

可是我知道有些话我永远说不出口。只是轻轻拍了拍她的手，宠溺地笑了笑，没有回答她的问题。良久，忽然突兀地说，我喜欢绿色。绿竹把脸凑过来说，你喜欢绿色是因为我吧？她鼻息的热气温润了我的双眼，世界氤氲成一片朦胧的绿色清雾，我只觉一阵心醉。

我希望日子可以一直这样平静度过，有绿竹陪在我身边，山的另一边是什么与我又有什么关系呢。这里有漫山遍野碧色的竹林和我最心爱的女人，如果可以，我希望一辈子都留在原地。

很多年以后，我问过一个叫欧阳峰的人同样的问题。不知道过了这沙漠，后面会是什么地方。

是另外一个沙漠。他淡淡地说，欲言又止。我忽然发现我们骨子里是一样的人，我们都很怕输。只是我比他更怕，所以我肯为了我爱的人改变我自己。

二

竹林里有一片竹子开花了，村子里的人都说这是不祥之兆。过了几天，太尉府的人来村子里抢了几个姑娘和壮丁回府当下人，那几家人哭天抢地，一向宁静祥和宛如世外桃源的村子里第一次有了世俗的悲伤。兔死狐悲，大家都知道这种事情有了一次就会有第二次，惶恐的阴霾笼罩了整个村落。

绿竹却是一脸不以为然，扑闪着乌黑的大眼睛，睫毛浓密细长，翩跹如蝴蝶。她自言自语地说，太尉府是在这座山的另一边么？不知那里是个什么样的地方。

我忽然很恐惧，我觉得绿竹快要离开了。可是我并没有说出来。我说过我很怕输，心里越是在乎的事情就越要装作不在乎。我以为有些话只要不说出来，生活就可以一直保持原样。

一天村里来了个陌生人，披散着长发，一袭白衣，广袖宽袂，一副山中散仙的模样。眉目清秀，皮肤白皙，美若女子，自面庞上无法猜度他的年龄。他背后有把长长的剑，黑色的剑鞘漆黑闪亮，四周弥漫着浓重的杀气。

很多年以后我惊奇地发现，他与欧阳峰，竟是如此相像。同样俊美，同样飘忽，同样有浓重的杀气，同样改变了我的命运。

他是村子里来过的唯一的一个剑客，他成了我的师傅。我必须要有足够的能力保护绿竹，我必须要让这种单纯美好的日子延续下去。

我的师傅说我骨骼奇特，是个练武奇才，路数阳刚，较之于剑，我更适合用刀。

我的刀很快。数月之后已经可以在电光石火之间把一棵粗壮的树砍成七七四十九截。抱回去给绿竹当柴烧，她笑得眼睛弯成一钩残月，一边烧饭一边对我说："七哥，你真了不起。"

我本来就是个很怕输的人，绿竹的夸奖和仰慕使我变得更怕输。男人的信心的确来自女人的仰赖，可是因为太在乎，所以总是会怕自己承担不起，久而久之，这便成了放弃的理由。

我加倍勤奋地练剑，很多时候从晨曦初露练到暮色四合。绿竹总是陪在我身边看我练剑，时不时地跑过来用衣袖拭去我额头的汗珠，她的眼睛一天比一天闪亮，眼中的光芒像两簇燃烧着的火焰，跳跃不已。我忽然有些后悔跟师傅学武功，因为这也许会改变我现有的生活。

当我的刀可以跟师傅的剑一样快的时候，他淡淡地问我说，你现在的刀法已经很厉害了，江湖上能赢你的人不多。想不想知道杀人的感觉？

人活得久了，就会有一些事你不愿意再提，或者有一些人你不愿意再见，你会恨一个人，以为杀掉了便一了百了。

其实要一个人死很容易，手起刀落，红色的血喷出来会发出呼啸的风声。可是要忘记你杀了人这件事本身是很难的，杀人杀得多了，心也会变得麻木起来。手上一旦沾了血，这辈子都无法抹掉。

师傅第一次说这么多话，我想他一定杀过很多人，而且现在很后悔。

后来我也杀过很多人，有些是形势所逼，有些是为绝后患，有些是斩草除根。

后来的后来我也很后悔，因为他们的死会让更多人比死更难过。

有一种人，注定要为他爱的人生不如死。我是。

也许绿竹不是。

三

终于有一天，绿竹摇晃着我的手臂说："七哥，带我走好么，我想去看山外的世界。"

我看着她的脸，眼睛里有震怒隐忍的火焰炽热燃烧，噼啪作响。绿竹，难道我和我对你的爱，不足以让你忘记对漂泊流浪和自由未知的向往么？

她的眼睛在夕阳暖红的颜色里闪烁着晨星一样的光芒。我抿了抿嘴唇，淡淡地摇了摇头，什么话也没有说。

绿竹转身离去，寂静而沉默。我徒劳地望着她的背影，感觉自己的心一点一点揪成一团，像被撕裂了的含羞草，疼痛而模糊。头顶掠过一群飞鸟，向北决然地飞去。我仰起头目送它们离去，天空湛蓝清澈，没有翅膀划过的痕迹。

后来想想，其实"我带你走"这四个字也不是很难出口。如果当时我说了，事情会不会就不一样了呢？

当时我以为那证明我在绿竹心中微不足道。以后才知道，其实一个女人要你带她走只能证明一件事，那就是她爱你。

也许我只是输给了我偏激而倔强的骄傲。

绿竹走了。村里人说她是被抓到太尉府了，只有我知道，她是自愿去的。

当她发现山的后边是另一座山时，她会有什么样的感觉呢？也许她会喜欢上那另一座山，也许她会选择继续前行。谁知道呢。绿竹不是个很怕输的人，因为她从来不肯认输。

我开始整日喝酒，昏天黑地，不知今夕是何年。师傅给了我一坛叫“醉生梦死”的酒，说有个朋友告诉他，人最大的烦恼就是记性太好，如果什么都可以忘了，以后的每一天都将会是一个新的开始，那样有多开心。

师傅的表情里第一次有了痛楚，我想，说这番话的朋友应该是他很在乎的一个人。

我抓起坛子要喝，师傅按住我的手说，你说你喜欢绿色。其实世界上有许多种颜色。也许会有另外一种颜色或者一种更好看的绿色，足以让你忘记她和她的名字。

山外也许有人在等你传授武功给他，又或者有人在等着传授更高强的武功给你。绿色有很多种，你没有都看过就不会知道你最爱的到底是哪一种。

如果七年之后你还是忘不掉，便回来喝这坛“醉生梦死”吧。

于是我决定出去闯荡江湖，寻找一缕颜色，或者是一个人，或者是一件事情，又或者是为了寻找而寻找。

师傅给了我一个很好的借口去逃避。也许我心底里也有个微弱的隐藏着的渴望想去看看山外的世界，就算只是另一座山，也会跟这座山略有不同的。男人不应该守着一个地方过一辈子，我要到没去过的地方闯出一番名堂来。

很多人以为我学会了武功便抛下自己的女人出去打天下。他们不知道，其实是我的女人先抛下了我。

四

我来到一片沙漠。在我因为饥饿而奄奄一息的时候，我遇见了欧阳峰。他是个掮客，一个专给杀手拉皮条的人。我替他杀人，他给我饭吃，偶尔也会替我买双鞋子。

有个女人日夜坐在他家门前，手里提着一篮鸡蛋，旁边拴着一头驴子。她想用一篮子鸡蛋的代价找人去杀太尉府的刀客，为她弟弟报仇。欧阳峰当然不会做这种亏本买卖。

烛影轻摇，黑暗中我看到她的眼，火焰燃烧的光芒，亮若晨星。竟是与绿竹一模一样的一双眼，倔强、任性，不肯认输且野心勃勃。

黄沙漫漫，风狂卷着她的头发上下翻飞。午夜天寒，她一个人抱着肩膀蜷缩在那里，像一只受伤的猫。我走过去吻了她，她的唇湿润以后红若情花，一片妖娆艳丽的清纯。我想在那一个瞬间里我是爱她的。很爱很爱。爱极了她那妩媚的眼和甜蜜的唇，我想起了绿竹。

我收了一颗她的鸡蛋，答应帮她杀了太尉府的刀客。她自后抱住我，脸紧贴了我的背，温暖而暧昧的姿态。我想，她喜欢我可能因为我够直接，可是直接并不代表木讷。或许是她自己得罪了太尉府的刀客，或许她曾经与太尉府有什么瓜葛，又或许她只是咽不下一口气，于是想要了他们的命。总之不是给弟弟报仇那么简单，既然她不是个简单的女人。

我帮她杀光了太尉府的刀客，自己也断了一根手指。

欧阳峰问我，为了一个鸡蛋而失去一根手指，值得么？

值得。我说。因为痛快。

这么久以来，我一直刻意地不去想自己的家乡和自己深爱的女人，甚至连绿色我都不敢轻易染指。她却让我想起了绿竹，想起了内心深处最疼痛的美好，有种划破伤口般淋漓的快感。

我从来没有告诉欧阳峰有关绿竹的事情，我以为像他这样的男子是根本不屑去爱上一个女人的。后来我才知道我错了。他不是不屑，而是不敢。他告诉我要想不被人拒绝，最好的办法就是先拒绝别人。

我一向以为他是个很聪明的人，在这一点上我却认为他很傻。反正同样是拒绝，由谁来说又有什么差别呢。

我拒绝了那个用鸡蛋换了我手指的女人，我希望她不要难过太久。我知道她是跟绿竹一样的女子，离她越近，我便越想绿竹，心也就越疼。更何况，我知道她总有一天会离开我。为了我自己，我拒绝了她。而她却以为我是因为不想把她当成替身要对她公平才拒绝她。也许她真的不懂，也许她只是装作不懂，在爱情里，每个人都是自私的。

欧阳峰这里也有那种叫作“醉生梦死”的酒，他说是一位白驼山的朋友送给他的。我忽然想到师傅，他曾说他的家乡就在白驼山。

我喝了这半坛“醉生梦死”，它好像真的让我忘记了些什么。只是那些被我忘掉的事会反复出现在我梦里，都是我最放不下的事和最放不下的人。庆幸的是，梦醒的时候也就什么都忘记了，只记得一些最模糊的轮廓。比如，我的家在南方，而我喜欢绿色。

我于是一路往北逆风而行，并不是因为那天黄历上的“室星当值，大利北方”这几个字。我只是想远离我的家乡，远离绿竹，远离记忆，远离忧伤。

我翻过一座又一座山，越过一片又一片沙漠，走了很远才知道，世界是没有尽头的，外面的世界只不过多了些色彩罢了。而我最喜爱的绿，始终是竹子的颜色。

五

很多年以后，欧阳峰回到白驼山成为一方霸主，得了个绰号叫作西毒。因为他的武功很毒，杀人的时候比砍树还要轻松。我在北方创立了丐帮，人们称我为北丐。

欧阳峰经常跑来找我打架。有一次打完了我们一起喝酒，他对我说，任何人都可以变得狠毒，只要你尝试过什么叫嫉妒。我不会介意其他人怎么看我，我只不过不想别人比我更开心。我以为有些人永远不会嫉妒，因为他太骄傲。原来欧阳的骄傲也是很脆弱的那一种。我拍了拍他的肩膀对他说，在这个世界上比你开心的人有很多，武功再好也杀不完的。他们开心是因为他们知道满足。

或许你也可以试着满足一下。你已经是西域的一方霸主，绝世高手。你还想要什么呢？

欧阳峰背对着我说，我想要时光倒流。倘若再给我一个机会，我会带她走，或者一直留在她身边。她不会嫁给我哥哥，而我，也不会在她死了之后才回到白驼山。

我愣了一会儿。其实当年我也有机会带绿竹走的。我以为我忘记了，其实我只是忘记了一小部分而已。岁月洗去了她背影的任性与决绝，我只记得她的好和她的笑。那是阳光照耀下的竹林清澈迷离的味道。

我告诉欧阳峰，当一个人不再拥有的时候，唯一可以做的就是不要忘记。我说这些话的时候表情是很平静的，仿佛我从未拥有过什么，也从未忘记过什么。欧阳峰点了点头，说他也喝了那坛叫作“醉生梦死”的酒。其实“醉生梦死”只不过是她和我们开的一个玩笑，你越想知道自己是不是忘记的时候，反而记得越清楚。

欧阳峰走了以后，我忽然很想念我的师傅，于是动用了整个丐帮去找他。后来我找到了他的儿子，他说我师傅已经死了。我看着师傅的儿子，惊讶地发现他与欧阳峰有着同样的轮廓。

他说他叫欧阳克。

六

后来我曾在街上见到一个很像绿竹的女子，那是我记忆中的绿竹，美艳妖娆的清纯，面白如纸，唇红如血，笑靥如花，眼睛似一泓幽深的清潭，波光潋滟，晶亮摄人。我走过去抱住她，泪流满面。

对上她惊恐诧异的眼，想起自己一身褴褛蓬头垢面，急急放开了她。我的胡子已经这么长了，很久很久以前绿竹每天都会帮我刮的。

可是她已经离开了这么多年。岁月有痕，我已经不再年轻。那么绿竹，她现在又会是什么样子呢。

朝那个女孩说了声谢谢，我转身离去。

她自背后叫住我，轻声说："前辈，昨日之日不可留。"

我回头望她，她一脸洞若观火的深沉表情，掩不住眼底的聪慧与狡黠。我很喜欢她，收为徒弟一直留在身边，小心呵护着，事事为她出头，一如守护记忆里仅存的单薄的影子。

后来我才知道，她是东邪黄药师的女儿。她叫黄蓉，一个绝顶聪明的女子，爱上了一个不怕输的憨厚男子。她知道自己最需要什么。一个宽厚的肩膀，一颗只属于自己的心，足够了吧。我又想起绿竹。她已经老了吧，她会更加不想见到我。

后来黄蓉与她爱的男人回了桃花岛，世界又只剩下我一个人。我用上好的玉做了一根拐杖，晶莹剔透，碧绿无瑕，像一截被雨洗净了的竹子，取名绿玉杖，奉为号令丐帮的权力象征。我与它寸步不离，直至命终。

我们的一生，就这样过去了。

若是有两情

沈熙熙冷笑着说，凤南飞，纵使你有世上最美的锦衣罗裙，环佩珠钗，他看都不愿看你一眼，又有何用？你是天之骄女，富可敌国，有才有貌，然而情难两全。她仰天一笑，笑出眼泪来。上天，果然是很公平的啊。

我用银筷挑了挑灯花，凝望着那一盏烛火，淡淡一笑，说："师姐，你放心。我会用我的方式，得到那个人。"

一　当时只道是寻常

月斜江面，雾气迷茫。深秋的夜晚，凉意如冬季，空气却是薄透动人的，隐约还残留着一丝夏天的味道。

小童清风将船上的白幔卷帘揭开，淡淡道："凤官，有客人来了。"

明月与清风是双生兄弟，长得一样清澈英俊，性格却是天差地别，明月愤愤起身道："这些个人，明知是做血淋淋的事情，白天来不好吗？非要大半夜的找晦气。"

清风手脚利落，已将匣子里的金针、银刀、酒炉和各种虫蛊摆了两排，一边往案子上铺白布，一边道："神医李鬼手的船，寻常人可是不会上的。想要另外一张脸的人，多半是为了躲避仇家。岂有白天来的道理？"

明月帮清风把案上的白布铺好，接口道："说得也是，不被逼到最后一步，谁会非要改头换面，受这种苦？在黑夜里苟延残喘的人，自然也是在黑夜里苟且偷生了。”

这时，白纱帷幔被揭开，与往日伴随着血腥味道的来者不同，这人身上有种好闻的女子的熏香，似曾相识。明月一惊，拽了拽清风，小声地说：“哎？我没看错吧？如此美貌的一个姑娘，竟然来找李鬼手换脸？”

那女子衣衫尽湿，破败不堪，可是不难看出，那本是一件上好的金缕衣。她扑通一下跪在我面前，说：“没想到，江湖上大名鼎鼎的神医李鬼手，竟然是一个女人。——我不会武功，没有办法用剑术或者心法作为交换，可是我有钱，这些应该够你找十个八个武林高手去学艺了。”说着，她把一沓银票拍在桌案上，上头的数字足够买下几座小城。

明月哼了一声，将那一沓银票拂到地上，说：“放肆！你当这是什么地方？有钱的人多了，在我们眼里还不都是一具臭皮囊！你信不信我毁了你的容，让你……”

我摆了摆手，明月立刻不再出声，我将那女子从地上扶起，安顿她在椅子上坐好，温言说：“你既然能找到这里，就应该知道我的规矩。要想我帮你换脸，就必须给我想要的诊金。”

我将地上的银票拾起来，放回她手上，说：“钱，我并不是那么需要。”

那姑娘想是养尊处优惯了，一路上颠沛流离，早已疲惫不堪，听到我的温言软语，泪水霎时倾泻如洪，抓住我的袖子道：“姐姐，看你年纪也不比我大许多，大家都是女人，你应该能够理解我的感受。若不是走投无路了，我怎会走到这一步？”她身上的熏香，丝丝缕缕地弥漫在空气里，这种熟悉的味道，让我一瞬间有些恍惚。

她见我神色动容，继续说道：“我叫陈楚，出身皇族，从小荣华富贵享之不尽。琴棋书画皆是师承名门，相貌即使算不得沉鱼落雁，也是国色天香。——我这般好，可是为何他宁可去爱一个卑贱的妓女，也不肯爱我？”

她的泪水流淌到我手上，又热又凉，让我想起多年前的自己。陈楚又一次跪在我面前，说：“给我一张新的面孔好吗？我要重新接近他，让他知道我的好。我相信总有一天，他会爱上我的。”

我小指一弹，指甲缝里的迷药让她立时昏睡过去，朦胧中我对她说：“你还年轻，何必为一个男人这般作践自己？如果那时能有人多提点我一句，也许现在，李鬼手这个名号就要失传了呢……”

清风与明月不同，一向沉默寡言，观察力却是极佳，他忽然说：“凤官一向冷若冰霜，为何独独对这姑娘这么温柔？……是因为她，让你想起了从前的自己吗？”

既已被他看破，我也没必要再继续隐瞒。望向熟睡的陈楚，她还那么年轻，红润的脸颊像半熟的苹果，我说：“她身上这种熏香，叫作相思烬，是波斯进献的贡品，比黄金还贵。过去，我也喜欢用这个。”

说这话的时候，我的声音很飘忽，仿佛穿透了单薄的岁月，看见那个闺阁中的富家小姐，占尽世间恩宠，却不知足，偏生要去喜欢那个注定无法爱上自己的男人。

那时的自己，太像今日的陈楚，喜欢同样的熏香，爱得轰轰烈烈，没有退路。

夜风袭来，凉薄入骨，清风默默为我披上一件外衣，说：“没有往昔的那番曲折过往，也没有今日天下无敌的凤官。过去的，就让它过去吧。”

可是，怎么可能真的过去？一生这样长，真真切切地痛过，如何可以忘记。

二 旧欢如在梦魂中

神医李鬼手这个名头，在江湖上流传了几百年，世人只道他神乎其技，不是凡人，是以长命百岁，经久不衰。其实这只是一个称号罢了，中间换过好几个正主，我便是第四代传人。清风明月是我的小师弟，下一任李鬼手也将在他们之中产生。

诊病救命很多大夫都会，算不得神医。李鬼手的过人之处，在于精湛绝伦的易容术，可以帮人改头换面，重新做人。只是我要的诊金很特别，须得用剑术绝招抑或内功心法来换。十几年来，江湖上一百零八派的武功，我都已经学得差不多了。

所以清风说我天下无敌，想来也不算是太过夸张。

陈楚醒来之后，在我脚下长跪不起，她说姐姐，我的人生已经无路可走，你是我唯一的希望。如果没有他，我宁愿去死。

我垂下眼帘，多年来早已心静如水，可是忽然之间，那些陈年旧事在胸口隐隐作痛。猛地挥手，狠狠给了她一记耳光。

在场所有人都愣住了。清风默默看我，明月张大了嘴巴。我很少这样大声说话："你的人生，你的希望，都放在一个男人身上吗？身体发肤受之父母，你这样轻贱自己，对得起他们吗？"

陈楚愣住了，她的眼泪汩汩而出，其实我能理解这种心痛。

因为那时的我，也曾这样哭过。

明知这样做是错的，明知很没骨气，可是我控制不了自己，控制不了这份感情，因为放弃了他，就等于放弃了我对未来的全部期许。

遇见苏容轩那年，我十四岁。

那是平西王府的一场夜宴，平西王六十大寿，衣锦还乡，金盆洗手。天下人杰聚集一堂，满朝权贵，江湖英莽，都聚集在那座背山面海的江南府邸。

彼时天子年幼，不成气候。摄政王权倾天下，我便是他的独女。所以，纵使所有宾客皆出身不俗，非富即贵，我依然是最被众星捧月的那个人。

苏容轩是峨眉大弟子，领着三个同门前来，代表峨眉派出席。现在看来，他那时也算不得风华绝代，只是眉眼中有种傲气，青衫磊落，面色如雪。

平西王很迷信，坚持那日属鸡的宾客要坐一桌，面向南方。我不悦，可是碍着父亲的面子，便顺从了他们的安排。许多豪门公子为了与我同座，纷纷谎报了属相，结果平西王那里有各人生辰的底子，一个一个请他们去了别桌。最后几经筛选，坐在我身边的，便是苏容轩。

他生得干净，眉眼很淡，静静喝酒，话也不多说一句。

我从小长在京城，本就很少亲自夹菜，又被贵族公子献殷勤惯了，此时没人服侍，便指使他："喂，帮我弄块糖醋鱼，把刺剔了，再蘸点陈醋。"

他微微一怔，也没说什么，依言帮我弄好，又倒了杯花雕放在一旁，此时脸上已有微微的醉意，他说："糖醋鱼要配酒喝才好。"

我以为这不过又是一个捧着我的男人，淡淡点头算是道了谢，心里其实是十分不屑的。只是把糖醋鱼吃在嘴里，觉得他使筷子的手法当真很好，片刻就将一大块鱼肉剔得干干净净，我不由得多看了他一眼。

这一眼，应该就是这段缠绕半生的孽缘的开始。

他的手长得非常美。白皙修长，指节处泛着淡淡的青色，看起来十分温暖有力。就在这时，半空里银光一闪，什么东西朝我迎面飞来，他用筷子一挡，"叮"的一声那物钉到了旁边的树干上。

"有刺客！"这种场面我也算是常见，站起身想往侍卫那边跑，裙角却被桌子腿绊住，整个人极其狼狈地跌在地上。回过头，黑暗中什么也看不到，只看见一柄银色长剑劈头盖脸地刺过来，我不会武功，也来不及闪躲，正以为我命休矣，却忽有一双温暖的大手将我轻轻托起，半空中旋了一圈，小心翼翼地放在旁边的桌案上，说："姑娘，你好像扭断了脚踝，千万不要乱动，一会儿我来帮你接上。"说完，他抽出腰间长剑迎了过去，火花四溅中，他的动作快得晃眼。

这时王府的侍卫都已经赶来，将我层层围在中间，我惊魂甫定，也顾不得让人帮他，只是目不转睛地看着他舞剑，忽听“嗤”的一声，他左肩被刺了一剑，却不再还手，倒垂着剑，愣愣地望着那个蒙面刺客。

我心中一惊，赶忙上前扶他，却忘了脚踝的伤，整个人扑在地上。侍卫纷纷过来扶我，当时场面乱成一团，苏容轩也捂着胸口过来扶我，说：“姑娘，对不住了，你不过是坐在我旁边吃了顿饭而已，却累你狠狠跌了两次。”

他的血，沿着伤口汩汩而出，热热地洒在我手上，那双眼睛，看向我，分明是淡淡的目光，可是落在我眼中，却似星光火海，飞花四溅。那双大手抚上我的脚踝，咔嚓一声，接驳好我的断骨，伴着我的一声惊叫，他说：“痛是会有一点，可是终究会过去的。”

江船随水波动，比陆地上多了几分摇摆不定。

陈楚哭着求我：“姐姐，你就帮我这一次。给我一张全新的容颜，即使没有现在这般花容月貌，只要是新的，就可以再接近他了……”

我无奈，摇摇头，说：“你回去，再看看你的父母、兄妹……如果之后你还执意如此，我就帮了你。”

爱上一个不爱自己的人，是条不归路，当年我走错了，不希望她也错下去。

打开小窗，此刻江面上夜雾弥漫，天色已经渐渐亮了。陈楚想了想，说：“姐姐，我知道你的苦心，可是我一刻钟也不想多等。你陪我走一趟，好不好？”她的眼睛清澈明亮，跟我从前一样。真的不懂，为什么有人可以拒绝这样一个执着如火的女子。

我叹了一口气，跟清风说："起锚吧，我们往京城去。"

明月一愣，随即很是兴奋，说："我在江上生活了十几年，终于可以看看外面的世界什么样了。"他瞟一眼陈楚，略有迟疑，说："……只是凤官，为这么个女人破坏了规矩，值得吗？"

我摇摇头，由衷地说："不值得。其实我们这种人，最不该有的，就是善心。"

清风此时已经掉转船头，往京城的方向驶去。然后他开始帮我收拾东西，说："一会儿到了岸边，我们再骑马从陆路走三天，很快就可以到达京城了。"他把满桌的刀具、药品放到包裹里，看了我一眼，"嘶"一声将蜡烛吹熄了，把烛台递给我，说："这个也要带吧？还是你亲手拿着吧。"

我接过，这只烛台是骨头做的，雕工很质朴，没什么花纹，雪白的底色已经有些发乌，握在手里，沉甸甸的，仿佛有千斤重。

明月不解，说："出远门，带个烛台做什么？凤官天生富贵，这几个钱你还为她省吗？"

我没有说话，只将那烛台细细搁到怀里。清风扔给他一根扫把，说："去掸掸这屋里的灰尘，别那么多话了。"

如果记忆，也似灰尘一样可以拂掉，该有多好。

三　我愿化身石桥

救了我之后，苏容轩再也没有任何接近我的举动。我等了几日，始终等不到他，终于按捺不住去打探他的消息，却被告知，他明日就要启程回峨眉了。

以我父亲的地位，我被人行刺也不是一次两次了，对于那晚的事，平西王拍着胸口说要给我一个交代，可是事情查到最后，也还是不了了之。问起苏容轩那个刺客的武功路数，他说当时情况紧急，招招搏命，现在已经什么都记不住了。

我对他说，你对我有救命之恩，可否多在此处盘桓几日，让我好好招待你与你的师兄弟们，也算尽了地主之谊。

他仍是淡淡的，却不让人觉得冷漠，他说："举手之劳，不足挂齿，姑娘实在不必把它当作什么恩德。"说完，转身便走了，看都没再多看我一眼。

可是，也许就是因为这个背影，我疯狂地爱上苏容轩。

水路很快走完，上岸的时候，明月夸张地晃了晃身子，说："在水上生活了十几年，冷不丁一着陆，还真是有些不习惯。"说完瞪了陈楚一眼，说："真不知该谢谢你让我有机会出来见世面，还是恨你影响了我的生活。"

陈楚是大小姐脾性，三番两次被明月顶撞，心中早已愤愤不平，哼了一声说："你要是觉得一辈子窝在那艘小船上可以甘心，便自个儿回去好了，我也用不着你来谢我。"

明月见她还击，更是来了兴致，两人你一言我一语吵得火热。我笑着摇了摇头，拎着行李独自走在前面。清风不知何时走到我身边，伸手接过我的包裹，看一眼开得正艳的芙蓉，说："除了入药的干花，我已经很久没有见过芙蓉了。”

我摘了一朵拿在手上，红艳艳的甚是可爱，难得心情好，我笑着说：“师傅带你们回来的时候，我还很年轻呢。现在已经人老珠黄，也许不该再到外面的世界来了。”

清风侧过头来看我，他有一张与记忆里那人很像的侧脸，只是年轻许多。他说：“第一次见你的时候，我才十五岁，当时觉得这个师姐真美，像天仙一样，也没想过自己竟能与你一起生活十年。——其实你现在，也与当年一样美，只是更多了几分韵味。”

若是换了过去，听了一个年轻男子这样说，我想我会脸红，可是现在，竟是半丝波澜也没有，只是笑着说：“你这样恭维我，不会是想让我把李鬼手的位置快些传给你吧？呵呵，其实这可不是什么好差事呢……”话音未落，半空中嗖嗖嗖三道冷箭射来，我转身避过，扬头看见树上跳下来八个人，牵着一张大网朝我们罩过来。

清风拔出腰间长剑，簌簌几下，将那大网削成碎片，对我笑了笑，说：“你的身手许久未练，倒真该活动活动了。”

我也朝他笑笑，转身对明月说：“陈楚不会武功，你可要把她照看好了。”

明月擅长用鞭，此时已把鞭子握在手里，瞟了陈楚一眼，说：“哼，一上岸就被人这么欢迎，还不都是因为她！”

这时，适才牵着网的人已经从四面八方攻了过来，攻势很是凌厉，我用包袱随便挡了挡，说：“我不愿伤及无辜，不知各位是哪路的朋友？”

为首的是个女子，上下打量我一番，说：“你就是风南飞？”随即点了点头，说道："传说中峨眉绝情剑凤南飞貌若天仙，果然名不虚传。只是按照你的年纪，怎么不见老呢？"

我静立不语，倒是清风扬了扬唇角，笑得很开心的样子，说道："凭你这一句中听的话，我今日便饶你一条性命。"

那女子冷哼一声，不由分说攻了过来，清风擅长用剑，此时也算棋逢敌手。两人出剑都非常快，站在一旁可以听见风声呼啸，片刻之后，清风起身退开，面带询问地看了我一眼。

因为他也看出来，那女子使的是峨眉剑法。

我有些怔忡，问："你是峨眉派的人？"

那女子秀眉一挑说："峨眉派弃徒凤南飞，我是来替本派清理门户的。你敢不敢不靠男人帮，单打独斗跟我比一场？"说罢她瞪了清风一眼，想激他不再为我出头。

我叹了口气说："当年脱离峨眉，归到李鬼手门下，实是情非得已。清虚师太对我恩重如山……不知她老人家现在还好吗？"

那女子神色有恨，咬牙道："清虚师太托你们两位弃徒的福，几次三番受朝廷的气，没多久就一病不起，现在的掌门已经又传了两代。"

我一怔，说："你口中的另一位弃徒，难道是指沈熙熙么？她怎么会与朝廷有关？"

眼角瞥见，陈楚目光急转，神色一变。

其实沈熙熙这个名字，我也许久没有提起了。

于她，我印象最深的一个场景，便是那日峨眉弟子全体借宿伽蓝寺。我与她同房，窗外雨声簌簌，寒气逼人，我将黄金手炉点燃，里头放了些相思烬，香气温软。

沈熙熙说："这东西真好，又香又暖。哪儿买来的？"

我说："一个京城的朋友送的。师姐若是喜欢，改日我让他再送一个来。"

她顿了顿，说："你说的这位朋友，可是陈尚书家的三公子？听说他母亲过去是宫里的司制，很会做这些奇巧的玩意儿。"

我点了点头说："师姐真是冰雪聪明。"

沈熙熙面露一闪即逝的得意，紧接着便是苦涩，说："听说京城的公子哥儿都很喜欢你。想必这位陈三公子，也是你的裙下之臣吧？"

我耸耸肩膀，对这个话题毫无兴趣，只说："不知道。也许吧。"这时，窗外有个人影走过，一袭青衫磊落，我飞快奔过去，却也已经不见了，倒碰翻了随身带着的檀木匣子，金玉珠宝，撒了一地。

沈熙熙看着那一地价值连城的珠光宝气，冷笑着说："凤南飞，纵使你有世上最美的锦衣罗裙，环佩珠钗，他看都不愿看你一眼，又有何用？你是天之骄女，富可敌国，有才有貌，然而情难两全。"她仰天一笑，笑出眼泪来："上天，果然是很公平的啊。"

我用银筷挑了挑灯花，凝望着那一盏烛火，淡淡一笑说："师姐，你放心。我会用我的方式，得到那个人。"

那日在平西王府，苏容轩毫不留恋地离去，却激起我心中千层浪，不顾一切追随他而去。到了峨眉，清虚师太对我很是礼遇，可是苏容轩却明白了我想要接近他的意图，渐渐地开始躲我。

父亲劝我回去，不要为了一个江湖草莽，失了我名门千金的身份。

可是那时的我，就像被什么魇住了，眼睛里就只有他，再也看不到其他。把心一横，竟然甘愿放弃过去千金小姐的生活，拜师峨眉。

以为这样，我就可以日日看见苏容轩了。

很快，我便知道，他其实早已心有所属。那人不是别人，正是峨眉派貌美如花的大师姐，沈熙熙。

四　受五百年日晒雨打

我爱苏容轩，爱得非常辛苦。一生之中，我从来没有这般爱过一个人。可是这份爱越是激烈，他就越是躲闪，后来竟然连看我一眼都不肯，千方百计地躲着我。

或许他最厉害的一点，就是他不爱我。他越是这样，我便越是想要征服，久而久之便真的动了情。有时候甚至希望，他会如其他男子一般贪图我的美貌与财富，我爱他已经到了退而求其次的地步，只要可以跟他在一起，我什么都愿意。

可是即使这份爱如此卑微，终究还是难以实现。有一次我又在他住处门口等他，他无可奈何地走出来对我说："凤南飞，我很感激你对我青眼有加，可是有一件事我想我要跟你说清楚。别在我身上浪费时间了。这一生，我都不会喜欢你。"

那种绝望的心痛，我至今记忆犹新。那一刻，我想做的，不是转身离去，不是愤愤地给他一记耳光，反倒是想哭着求他不要这样对我。

明知这样做是错的，明知很没骨气，可是我控制不了自己，控制不了这份感情，因为放弃了他，就等于放弃了我对未来的全部期许。

然而世间的事就是这么奇怪。

沈熙熙轻而易举地拥有了我想要的一切，可是她想要的，恰恰却是我所拥有的一切。前往伽蓝寺之前的那个夜晚，我忍不住又去找苏容轩。那时我的武功已经很好，并不比先我几年入门的师兄师姐差，所以当我伏在屋顶偷听他们说话的时候，他们二人都没有发觉。

沈熙熙一脸疲惫，对苏容轩说："你带我走吧。我犯了门规，不能再留在峨眉了。"

苏容轩逆光站着，我看不到他的表情，只听他沉默良久之后颤颤地问出三个字："为什么？"

沈熙熙冷笑："为什么？哪有那么多为什么？你说你一个穷小子，怎么会比那些贵公子好？那个才貌双全富可敌国的大小姐凤南飞，为什么会看上你？"她的声音有些哽咽，从我这个角度，可以看见两行泪水顺着她的脸颊流下来，她说："而你，又为什么会看上一无所有的我？"

苏容轩静静站着，没有说话。沈熙熙双腿一软，跌坐在地上，掩着面说："我怀了陈三公子的孩子。"

我一愣，惊得屏住了呼吸。屋内鸦雀无声，落下一根针都可以听得清楚。

"可我是江湖草莽，他爹爹不许我进门。呵，其实早该想到的。可是谁让我这般爱慕虚荣，贪图富贵呢？”沈熙熙咬着嘴唇，声音里透着迷惘，她说：“容轩，其实我心里有你，你应该是知道的。可我也想要荣华富贵，权倾天下。我错了吗？为什么那个凤南飞，一生下来就可以不费吹灰之力地拥有这一切？容轩，你为什么爱我？”

苏容轩往前走了两步，站在灯下，我终于可以清晰地看到他的脸，面色如雪，眉目分明，他说：“阿难出家前，在道上见一美貌少女，从此爱慕难舍。佛祖问他：你有多喜欢那少女？阿难回答：愿化身为青石桥，受五百年日晒雨打，只求那少女从桥上走过。”他伸出双手，握住她的肩膀，说：“我愿化身石桥，受五百年风吹，五百年日晒，五百年雨打，只求那少女从桥上走过。——熙熙，我带你走，我会帮你养大孩子，照顾你们一生一世。我等了那么久，终于等到了你。”沈熙熙泪流满面，紧紧握住了他的手。同一时刻，伏在暗夜屋顶的我，咬紧了嘴唇，心里哭得泣不成声。无法形容我当时的心情，多年之后也不敢回想。对一个骄傲的人来说，这种永远不可能的绝望，真是太残忍的一件事了。

五　若是有两情

峨眉女子不再与我搭话，挥剑攻了上来，我左右闪避，只用手中的包裹隔开她的剑，并未用兵器。她剑法很好，比我当年好许多，记得当年清虚师太曾经盛赞我有天分，果然是江山代有才人出，新人换旧人。略一失神间，她已经一剑掠过来，“砰”的一声，刺在我怀中的骨质烛台上。

乌白的烛台滚落在嫩绿的草地上，我忙弯腰去捡，这时无数道火箭铺天盖地射过来，峨眉女子也是一惊。

这时，只见一个中年美妇越众而来，双目凛凛地看着我。

陈楚一愣，跑到她身后，叫了一声："娘。"

"沈熙熙，你终于得到了你想要的。"我拾起烛台，淡淡地看着她。

她身后站着无数朝廷羽林卫和弓箭手，气势汹汹，眼中有恨，她说："风南飞，你究竟把苏容轩藏到哪里去了？十年了，我竟然半点消息都打听不到。"

我看一眼陈楚，她怯怯地站在母亲身后，愣愣地看看她，又看看我。

"这一切，都是你布的局了？竟然连亲生女儿都动用了，你也真是处心积虑。"清风仗剑挡在我身前，冷冷地说。

明月看一眼陈楚，眼中有气愤，有不舍，种种情感交织在一起，他说："这丫头果然不是什么好人。"

沈熙熙说："楚儿这么单纯，并不知道我们的事情。她是真心去找李鬼手易容的，我派人跟踪她，却发现了你。"她朝我走过来，双目灼灼地看着我，狠狠地说："你究竟把苏容轩藏到了哪里？"

我抚摸着那个烛台，轻轻抽出腰间的匕首，说："是的，我欠你一个交代。"

说完，我将那匕首插进胸口。血液喷薄而出，让我想起那个夜晚，他的血，热热地洒在我手上，那双眼睛，看向我，分明是淡淡的目光，可是落在我眼中，却似星光火海，飞花四溅。那双大手抚上我的脚踝，"咔嚓”一声，接驳好我的断骨，伴着我的一声惊叫，他说：“痛是会有一点，可是终究会过去的。”

你说得对。半生半世之后，再回首，果然觉得当年一切源于苏容轩，这么多年过去了，面对旧爱，我的心，终于好过了一点。

世事就是这么奇妙。那年夜宴上的刺客就是沈熙熙，她因为陈三公子争风吃醋，想要杀我，却成就了你与我的一段孽缘。

而我，也在听到你许下要与她一生一世的誓言之后，恨不得毁灭了整个世界。

尾　声

因为熟悉人体骨骼经络，我插自己那一刀，偏离心脏一寸，并没有伤及性命。当所有人都以为我死了，退散开去之后，清风扶起我，喂我服下当年师父亲手调制的疗伤药。

我靠在他怀里，说还了债的感觉，真是很轻松。

他把那只烛台放在我手里，说：“你别说了，我都知道。”

那个夜晚，沈熙熙离去之后，是我杀了苏容轩。之后不敢再留在峨眉，带着他的尸首，连夜出逃，最后辗转拜到李鬼手门下。

我将他的琵琶骨制成烛台，十几年来寸步不离。这就是伽蓝寺夜雨之时，我对沈熙熙所说的，得到他的方式。

可是，这些年来，我心里仿佛时时压了千斤巨石，并不快乐。

清风背着我往回走。我对明月说，你去找陈楚吧，陪在她身边就好，不要去想别的。

明月犹疑片刻，终是转身去了。很多时候，爱上一个人，自己不一定明白，别人却看得很清楚。

就算爱过了会受伤，也不一定会有结果。

就算天长地久，只是误会一场。

伏在清风背上，意识渐渐模糊。忘了对他说，十年前他与明月刚到船上来的时候，曾经被毁了容。当时他们还是小孩子，师父让我亲手施术，于是情不自禁就在他们脸上留下了苏容轩的痕迹。

多年以来，他不只是一座烛台，一张脸孔，还是歉疚、思念，以及无穷无尽的哀愁。

他一直在我心里。

我渐渐睡去，隐隐听见清风在我耳边说，其实爱一个人，并不一定要拥有。

我愿化身石桥，受五百年风吹，五百年日晒，五百年雨打，只求那少女此生平安喜乐，今生今世，再也不要从此桥上走过。

寂寞倾城

传说，无双城的城主无双是个无所不能的男人。换回你父亲的命，对他来说再简单不过。只是，你要付出相应的代价。至于那个代价是什么，没有人知道。

一　凤凰·无双

雾气缭绕。空旷的宫殿里孤单地回响着我的脚步声，一簇金色穿透雾气闪耀在前方。

我茫然前行，看见一座华美的水晶笼矗立在宫殿正中，一只金色的凤凰被囚禁在里面，眼神悲凉。

一个白衣男子蓦地出现在我面前，我无法看清他的容貌。他指着那只凤凰对我说："凤凰，你逃不出这座城。"

我猛地睁开眼睛，听到窗外的风轻声呜咽。长夜未央，我方才所经历的，不过是场梦而已。其实我早该习惯的，这个梦自我记事起就一直盘旋在脑海里，每到夜深人静的时候，它便悄然而至。

我再难入睡。想起寂名城，心中就充满了缱绻微酸的甜。

二　门当·户对

恋恋四月天，草长莺飞。

艳阳高照。满山碧草笼罩着金色的光晕，熠熠生辉。

我的心却布满阴霾，一漾一漾涌动着不安。今天的名城，不曾笑过。与他并肩走在城北的莫风坡上，相对无语。

“炎凤，对不起。我终究无法说服父母，令他们答应你我的婚事。”他低沉地开口。

我惴惴而惊慌，抬起湿润了的眉眼看他，说：“你今天来，就是要对我说这些？名城，你是不是要放弃我了？你是不是要离开我，去娶那门当户对的朱家小姐？”

眼泪断了线，噼啪落下。我如凋落的樱花一般落在他怀里，忽然连哭泣的力气都失去。我喃喃地说：“名城，我无法选择自己的家世出身，就像我无法选择自己爱上谁。你说过要照顾我一辈子的，你忘了么？”

名城叹了口气，说：“炎凤，你给我一点时间。”他解下腰间的玉佩放在我的手心，正面赫然刻着一个“寂”字，背面是象征寂家的图腾，凤凰。

他将我的手握在掌心，说：“这是寂家代代相传的玉佩。炎凤，你要相信，我的心，始终在你这里。”

我握着那枚冰凉的玉佩，深深看了名城一眼，千言万语，奔腾在喉咙里，无法出口。我沉默地转身离去，眼泪如溪水般安静流淌。一直以来，是我太天真。名满京城的寂家公子，又怎会娶我这样一个出身卑贱的女子。曾几何时，我固执地相信他对我的爱可以冲破一切的阻碍，令他与我身鬓厮磨，相守一生。可是现在，我已经在他眼睛里找到了敷衍与搪塞。也许坚如磐石的爱，也会有动摇的一天。

我回到破败的茅草屋，爹正坐在院中劈柴，见我回来了，满面粗糙的皱纹绽放出菊花一样暖暖的笑容。他说：“小凤你回来了，我做了红枣炖鸡汤，热着呢，快进屋喝吧。”

我强颜欢笑，走过去接过爹手中的斧头，说：“爹，我不是说过吗，这些粗活我来做就行了。您的风寒刚好，别再累坏了身子。”

爹粗糙的大手覆在我的手背上，说：“我不要紧。你女孩子家细皮嫩肉的，怎么可以做这种粗活。”

看着爹关切的眼睛，我的心忽然软弱，所有的委屈一起涌上来，眼泪簌簌落下。

爹急了，说：“小凤你这是怎么了，谁欺负你了？”

我摇摇头，说：“我没事。对了，爹，我们哪来的钱炖鸡汤？”

爹有点窘，然后嘿嘿笑了，说：“我把那块磨刀石卖了。闺女，今天是你生日啊，爹也没什么能给你的……”

看着爹苍老的面容露出孩子一样单纯而开心的表情，我背过身，再一次，泪如泉涌。

那一晚，我一直紧握着掌心，汗津津的，是一枚刻着凤凰图腾的玉佩。

爹看着我，说：“小凤，你与名城……”

我夹菜到爹碗里，打断他，说：“爹，吃菜。”眸子里却忍不住水气氤氲。

爹低了头，心疼地皱了皱眉。

三　朱门杀戮

第二天清晨，爹不在房里。邻居陈婶跟我说："小凤啊，我刚从集市上回来，看见寂府的侍卫押着你爹……不会是出了什么事吧？"

我提起裙裾，没命地朝寂府的方向跑去。我与名城的事，爹一直是知道的。我与他家世悬殊，他也是知道的。可是爹他不知道，名城这样的男子，是不会因为任何哀求而改变决定的。可是寂名城，你怎么可以这样对我爹？

寂府的朱门赫然耸立在长安城最繁华的街道上，门口的石狮尊贵而威严。我不顾侍卫阻拦跑进寂家的院子，远远听见爹的声音，他说："寂公子，我们家炎凤是个好姑娘，怪只怪我当爹的没能给她个好出身……算我求您了，您别嫌弃她……"

名城冷冷地说："你为了让我娶你女儿，就杀了与我定了亲的朱家小姐？"

爹苍老的声音几乎崩溃，他说："没有，我没有。我怎么会杀人呢……"爹的话还没有说完，便已没了声音。

名城叹了口气，说："你别怪我。有人亲眼看见的，我总要给朱家一个交代。"

我绕过层层围墙跑到前堂，被眼前的一幕惊呆了，霎时心碎如割。

爹跪在那里，血流成河。名城握着一把带血的剑，居高临下地看着他，眼睛里，是我从未见过的冰冷。

我跑过去抱住爹，手覆在他的伤口上，血却依然汩汩地流出来。爹握着我的手，用尽最后一丝力气，说："小凤，爹对不住你。爹终究是什么也给不了你……"

我撕心裂肺地哭喊，绝望无边无际地蔓延。我抬眼看着无动于衷的名城，说："你怎么可以这样？"

他扬了扬嘴角，说："你怎么到现在都不明白？就算朱家小姐死了，我也不会娶你。"

我冷笑，止住泪，抱起爹，说："爹，我们回家。"

四　无双城主

乡亲们都来劝我，我却固执地不肯将爹下葬。跪在院子里，从白天到黑夜，呓语般地重复着说："爹，若能换回你的命，我愿付出任何代价。"

陈婶走过来，为我披上一件外衣，说："孩子，这么折磨自己，何苦呢？"

我抓住陈婶的手，疯了一般地反复说："爹是因为我才死的。是我害死爹的……我什么都不要了，我只要我爹。"

陈婶的眼里忽然闪过一丝诡异，她说："小凤，你真的那么想救活你爹爹吗？"

我睁大了眼睛，扯着陈婶的衣服说："你告诉我，如何才可以……"

陈婶拍着我的手，脸上藏着莫名的笑，她说："传说，无双城的城主无双是个无所不能的男人。换回你父亲的命，对他来说再简单不过。只是，你要付出相应的代价。至于那个代价是什么，没有人知道。”

我怔住，说：“无双城，这个名字好熟悉。您说的是天涯海角的那个无双城吗？”

陈婶点头，幽幽地说：“对于无缘的人，它在天涯海角，可是对有缘的人来说，它可能就在身边。”

五　一直善良

我听了陈婶的话，踏上了寻找无双城的路途。即使它真的在天涯海角，即使希望非常微薄，我依然，不会放弃。只要可以换回爹的命，我愿意付出任何代价。

暮色四合，夕阳斑驳的拓影里，我忽然看见一个人躺在路边，似是受了伤。我跑过去扶起他，是个面容英俊的少年，嘴唇干裂了，似是许多天没有喝过水。我拿出水壶，将水细细地滴进他的口里，扶他到树荫处休息。不到半炷香的时间，他醒了，一双细长而凛冽的眼睛，目光复杂地看着我，说：“你为什么要救我？”

我不喜欢他的态度，撇了撇嘴角，说：“不管是谁我都会救的。”起身欲走。

他忽然拉住我的袖子，说：“你一直都是这样善良的么？”

我回头，有些诧异地看着他，说：“当然。”

他一把甩开我的袖子，忽然很愤怒，狠狠地说：“你骗人！”

我呆呆地望着这个奇怪的男子，没有再说话。他深吸一口气，像犯错的孩子一样，说："对不起。"

他又说："你要去哪里？不如我们同行？"

不知为什么，我并不讨厌这个偏激古怪的少年。我说出三个字，"无双城"。

他英俊的脸上绽放出诡异的笑容，他说："我们同路。"

日升日落，转眼已经过了三天。时光在寻找的过程中一点一点消失。我越来越焦急，如果无双城我这辈子都找不到，那，爹怎么办？

同行的少年时常劝慰我，说："也许明天，我们就会看见无双城。"可是他说这话的时候，嘴角仿佛挂着一丝戏谑的笑意。

许多夜晚，当月光清冷了整个人间，我会给他讲起我从前的故事。怎样认识寂名城，怎样被他伤害，怎样害死爹爹。事到如今，我竟然真的不恨名城。只恨我自己不知好歹，连累了真正爱我的人。说着说着，眼泪就会落下来，映照着月光，滴滴浓郁，蕴满了忧伤。

他伸出修长的食指为我擦眼泪。眼睛里的疼痛真真切切。

我忽然想起，说："对了，我还不知道你的名字。"

他把脸凑过来，直挺的鼻梁几乎贴在我的鼻尖，说："总有一天你会知道。"

在那一瞬间，我们如此接近，我忘记了过去种种，忘记了所有悲伤。他眼睛里好像凝结着浓浓的爱意，让我温暖。刹那间，我竟有种错觉，我们早已相识，并以同样的姿态相伴了许多年。

他轻轻地说："凤凰，为什么我和你之间好像总是隔着一座城？我无法进去，你也无法出来，我永远都得不到你的心。”

六　灵魂交易

我腰间的玉佩忽然落到地上，与石板撞击出清脆的声音，背面的凤凰图腾清晰可见。

他忽然清醒了一般，站起身，背对着我，冷冷地说：“凤凰，你不是要救你的爹爹么？可以，只要你付出相应的代价。”

他挥了挥手臂，四周忽然光亮起来。远处有个男子跪在那里，一袭锦衣，我走过去看他。竟是名城。

名城抬头看我，说：“炎凤，对不起，我错怪了你爹，错怪了你……”我的心，忽然就疼了。

那个少年回头，看着我的眼睛，说：“凤凰，如果你杀了寂名城，我就还你爹爹的命。”

我后退几步，说：“你到底是谁？你为什么叫我凤凰？你为什么知道他是名城？他又怎么会在这里……”

他打断我，说：“我是无双。”

我僵在原地，迷惑而惊慌，忽然想起无数次回旋在我梦里的那个面容模糊的男子。

他走过来，递给我一把剑，说：“杀了这个男人。”

我颤抖着接过他手中的剑，说：“你为什么要这么做？”

他癫狂地笑，说：“你一直是善良的，对所有人都舍不得伤害，唯独对我不是。所以，我要惩罚你，我要你背叛自己的善良，我要你亲手杀死你爱的人。”

我怔怔地望着他，不懂他话里的含义。

“凤凰，你真的不记得我了么？许多年以前，你是我无双城里的一只凤凰，我喜欢你，把你囚禁在水晶笼里，每日与你为伴。可是你却背叛了我，为了离开我，离开无双城，你不惜跳入万丈红尘，去做一个凡人女子。”

他朝我挥了挥衣袖，记忆汹涌而至。我如梦醒般望着眼前这个男子，白衣胜雪的无双，曾经将我囚禁在牢笼里的无双。

他说得没错。他是我唯一伤害过的人，并且那么深，那么深。那些伤痛，在他的眼睛里，全都看得到。

曾经，我的确是背叛了他。

因为，我承担不起他的爱。

我拿起剑，走到无双身边，说：“无双，其实朱家小姐是你杀的对么？然后再一步一步引我入这个局？无双，我真的值得你为我耗费这么多心血，伤害这么多人么？”

无双对我笑，那笑容干净而无邪，他说：“凤凰，你知道吗，我为你做什么都是值得的。”

我扬手。一剑，刺穿自己的心。金红色的血喷出来，光彩灼目。

无双上前抱住我，泪如泉涌，他说：“凤凰，为什么直到现在，你仍然要如此伤害我？你怎么可以，就这样死去。”

我的手抚摩着他英俊的脸孔，说：“无双，我欠你的现在已经还给你了。不要再为我伤害无辜的人。你不知道，很多很多年以前，无双城有只凤凰，其实是很爱你的。可是你夺走了我的自由。我以为你并不是真的爱我，我以为你只是想拥有我。所以我选择逃离。我们一直很爱对方，只是，我们都用错了方式。”

我想起那一夜，他曾经轻轻地对我说：“凤凰，为什么我和你之间好像总是隔着一座城？我无法进去，你也无法出来，我永远都得不到你的心。”

他是对的。

无双闭上眼，紧紧地抱我。

七 寂寞倾城

我与爹坐在桌前，我夹了块肉给他，说：“爹，您的病刚好，多吃点。”

爹又把肉夹回我碗里，说：“孩子，你才应该多吃点。下个月你就要嫁到寂家了，爹做的菜你就吃不到了……”

我垂下头，心痛成海。

我就要嫁人了。寂名城，曾经，我想与之长相厮守的那个人。

没有人知道，那一日，无双抚平了我的伤口，奋力将我和名城推出无双城。

他的声音盘旋在风里，他说：“凤凰，很多很多年以前，当你离开的时候，我曾发誓，要让你受到惩罚，要让你经历人生所有的苦难，最后悲惨地死去。可是如今，我发现我根本下不了手。我有多么爱你，我现在才清楚。可是无双城主违背了誓言，就要付出相应的代价……从此天地间，就再也没有无双城……”

我一步一步离开，眼泪纷飞。风中回旋着两座城轰然崩塌的声音。

无双城，和我心中的城。

寂寞花凉

沈云昔，即便要输，我也要输得瞑目。今日无论如何，我都要见到你的脸。我执着此生从未执过的剑，遥指树下的女子。

她却笑了，面上蒙着黑纱，在寒梅花影中笑容明灭。那声音里有令人心折的风华，她说你知不知道，为何你会失去霍无雪？

花凉，你太执着。太执着的女人，总是令男人疲惫。

我怔住。或许她是对的，可是却已经晚了。我既然从未得到，便还有什么可以失去呢？我朝她走去，她亦没有闪躲。

面纱掠开的一刹那，只觉五雷轰顶。

这一生，我是真的输了。

一

初夏光景，京城里百花绽放，最是瑰丽。洛园是朝中文官司马家的宅子，种满了从各地搜罗来的奇异花卉，每年到了这个时候，这里都是王公贵族们最喜流连的地方。

香雪如海，七色花瓣在空中纷扬似蝶舞，我倚着栏杆站着，一湖静水中倒映出自己妩媚艳丽的容颜，额心点着梅花妆，乌丝云鬓上别着凤翅芙蓉步摇，日光之下抖抖如金。

侍女红香不由叹道："难怪我娘总说，这世间最美的就是女子的二八年华。公主您看，这一池春色，竟都像是您的陪衬似的。书上所说的倾城美貌，大抵便是如此吧。”

这样的夸赞我听得多了，也不觉得如何，只是浅笑道：“咱们的世界太小。这京城外头，一定有更美的人和更美的风景，只是我们看不到罢了。”我极目远处花木掩映的湖面，言语中不由有些神往。

就在这时，眼角却忽地瞥见湖那端有位青衣女子，正一步一步没入水中，正是与我一般的好年华，眼中却无半点神采，真真面如死灰。红香眼尖，惊道：“公主您看，那不是司马家的小姐司马净吗？”

我心中惊诧，心想司马净是司马大人的掌上明珠，与我也有些交情，到底发生了什么，能让这么美丽开朗的女子甘心去寻短见？一面让红香喊人救她，一面迅速朝她跑去。

湖水已经漫过她的胸口，我站在岸边喊她的名字，可是司马净仿佛没听到般，继续往水里走着。我本熟识水性，心中一急就跑下水去，一把拽住她的胳膊往回拉。哪知她回头看到我，却忽然哭起来，挣扎着说：“花凉，我曾经以为这世上只有你一个人比我好。而你又长在深宫无人得见，天下间所有男子都理应垂青于我。可是，为何上天赐予我美貌，权力以及富贵，却偏偏不给我最想要的？”

我看着她沮丧至极的眼神，不由一愣，说：“你想要什么？”

“霍无雪。”她说起这个名字，眼底才闪过一丝神采，却转瞬即逝，灰得更加彻底，声音里是无尽的哀痛，“可他心里已经有人了，他不会再多看我一眼……我看过那女子的背影，单是背影，就让我自惭形秽……花凉，你不会明白的，我这一辈子都比不上她，我永远都得不到霍无雪……”

“啪”的一声，我挥手就是一个耳光，司马净脸上瞬时浮现五道红痕，我看她方才那样子，心底顿生一股怒火，喝斥道：“为了个男人你连命都不要了？就算你不要命，你的家人也不要脸面了么？身体发肤受之父母，你可对得起他们？要死的话你死远一点，别弄脏了这洛园，白白让司马大人蒙羞！”

司马净捂着脸愣住，呆呆看我片刻，终于“哇”的一声哭出来，不再往湖里去了。此时红香带着司马府的侍卫过来，将她和我从水里搀扶上岸。司马大人闻讯赶来，心急之下也忘了跟我请安，七手八脚带人拥着司马净回卧房去了。红香为我披上紫貂披风，说：“公主，凤驾金莲车就在门外了，我们回宫去吧。”

我心中却涌出莫名的波澜，呆呆站在湖边的草地上，喃喃地重复那个名字：“霍无雪……”

然后我就透过一湖无澜的静水，在满树繁花后头看见一双沉寂如夜的眼。那其实是极美的一双凤目，盈盈似玉，而那双瞳仁却漆黑沉寂，像一张无形的网，望不穿，也逃不了。我直直地望着他，一时竟移不开目光。

他忽然笑了。那笑容纯美如云染，就像一朵莲花的盛放。

二

花凉，这是母亲为我取的名字，据说当时昭阳殿里有冷风掠过，卷起清爽花香，母亲正在抄佛经，忽然便想到了这个名字。

其实后来仔细想想，青灯古佛的昭阳殿，空荡的风掠起花香，该是怎样一种寂寞的景况。母亲是沧国的皇后，或许她之所以能得到这名分只是因为高贵的出身。我还未出生，她已经被打入冷宫。也许是出于歉疚吧，在她因为难产过世之后，父皇很疼爱我，御赐封号玉华公主，万千宠爱在一身。

可是我却总是能感受得到。花凉，花凉，风过花凉，那种横亘在我血液里的爱而不得的寂寞。生在帝王家，并不是每个王孙公主都有机会承欢膝下，可是父亲却肯花许多时间陪着我，阳光熏暖的午后，他有时会拍着我的背笑说："不知以后我的凉儿会嫁什么人。你的夫君，必定是沧国最优秀的男子，朕会将世间最好的东西赐予你们。"

此时父皇眼中的神采，睥睨万物，就像神。沧国幅员辽阔，四海升平，盛产金矿，因此十分富庶。四方小国无不讨好我们。有时沧国也会仗着兵强马壮去扩张版图，吞并一个又一个的小国，沧国随着父亲的苍老而日益强盛。

父皇忽然想到什么，扶起我说："凉儿，下个月父皇的生辰，你预备送什么啊？"

我讨巧道："整个天下都是父皇的，女儿还能送什么呢？"

父皇开怀大笑，拍拍我的头道："你这古灵精怪的丫头，到时就给朕跳支舞吧，好让天下人都知道朕有个这么美貌伶俐的女儿。朕到时让霍无雪给你奏乐。"

霍无雪。在父皇口中听到这名字，我不由一愣，脱口问道："父皇，你认识霍无雪？"

父皇不以为意，道：“花凉，你是在这玉华宫待太久了。霍无雪是黎国来的琴师，以琴声和美貌名扬天下。据说他的音律可以穿透人心最柔软的地方。朕曾邀他来宫里长住，可他托词过惯了闲散生活，婉言谢绝了。”

父亲一向高傲，能让他看在眼里的人并不多。我想到司马净那时魔障般痴迷的眼神，心想这人究竟有怎样的魔力，能让所有人都为他倾倒？

桃花如雪的午后，我在花园里独自起舞，轻纱掩肩，盘一个精巧的飞鸿髻。这种舞传说是我的母后年轻时所创，极尽曼妙，映着桃花飞絮舞起更是动人，世人称之为惊鸿舞。我不知道当时母亲创出此舞是缘自何事，可是如今我苦练惊鸿舞，为的只是在父皇的生辰上讨他开心罢了。在这寂寂深宫，皇子可以靠自己的能力在朝中博一席之地，其他公主也都有母妃可以仰赖，而我，却只有父皇的宠爱可以依靠罢了。

坊间流传这样一句话，“见过霍无雪，方知何为一曲骊歌上九天”。我想，要是此人真有如此琴艺，那么到时必能为我的舞锦上添花。一支舞毕，我用帕子擦擦额头的薄汗，却忽然听到零星的掌声。

我抬头，透过雪般飘落的桃花瓣，正对上那双沉寂漆黑又诱人的眼眸。正是我那日在司马净家所见到的男子。他斜倚着朱红的廊柱站着，一袭白衣胜雪，衣袂翩然。乌黑的长发反衬着素白的花瓣，形成一种惊心动魄的美。长风掠过，满园花树摇曳的沙沙声，他就那么站在那里，竟如九天谪仙误入凡尘。

我不由看得惊住，手一松，帕子便被风卷过去，竟飘飘然飞到他那里。那人扬手一接，便将它握在手中，贴在脸颊深深嗅了嗅，神情不由轻佻，扬唇笑道："好香。"

我脸一红，哪受过这样的轻侮，一眼瞪过去，极力压着局促，说："你可知道这玉华宫，寻常男子误闯进来是要杀头的？"

他却满不在意地四下看看，最后把目光落在我身上，说："除了你，这玉华宫也没什么好看。"

我此时未穿外衣，只有一件轻薄纱衣，又被汗水浸湿，紧紧贴在身上。他的目光落在我身上，我只觉脸颊如火烧。不愿再多浪费唇舌，转身就走。

他笑吟吟地跟过来，说："玉华公主，你这帕子不要了么？"

我回头，他离得我很近，身上有陌生的男子气，我窘得大怒，伸手就去抢他手里的帕子，他却像戏弄小猫一样侧身躲过。池边的草皮腻滑，我身体便失去了平衡，重重朝池塘的方向跌去。他伸手揽住我，双唇在我耳边呼出温热的气息，说："花凉，你脾气也太大了些。"

我被他抱在怀里，浑身的血液都仿佛在沸腾，心怦怦跳着，我奋力挣扎，冷哼了一声道："你放开我！"

哪知，他却真的放开了我。他一松手，我就直直跌到池塘里，溅了一头一脸的水，这是我第一次在陌生人面前这样狼狈。

那人摆弄着我的帕子，幽幽在岸上看着我，绿草如茵中一副浊世佳公子的模样，声音和善得令人发指，他说："你等等啊，我待会找人来救你。"

然后他就在我不知是羞是怒的注视下，施施然走出了我的视线。

三

那日我受了轻薄，换了衣服去找父皇撒娇，其实心底却未真的动怒，他手掌抚在我腰际的热度，让我一想起就面若桃花。走进父皇的寝宫，却听见一阵凄迷的笛声，幽咽婉转，跌宕回旋又唯美动人。

我知道这曲子，是那首《听雨》。

少年听雨歌楼上，红烛昏罗帐。壮年听雨客舟中，江阔云低，断雁叫西风。而今听雨僧庐下，鬓已星星也。悲欢离合总无情，一任阶前，点滴到天明。

曲子不长，却仿佛概括了一生的沧桑。隔着大正宫的层层帷帐，我看见父皇被触动了的苍老的脸。一曲歌毕，余音绕梁，父皇喃喃地重复着，悲欢离合总无情，一任阶前，点滴到天明。说这话的时候，他手里握着一支珠钗，那是母后的遗物。

吹笛的人背对着我，是心思通透的男子，他安慰父皇，淡淡地说："皇上不必遗憾。她会知道您的怀念的。"

父皇长叹一声，道："总是失去了才知怀念，她不会原谅我的。"眼角忽然瞥见我，愣了一下说："花凉，怎么不进来？朕来给你引荐，这位就是霍无雪，不仅琴音绝世，笛声也令人肠断呢。"

手握银笛的男子缓缓回过头来，一袭白衣胜雪，美貌之下双目却透着丝丝邪气，正是方才在花园里轻薄我的那个人。其实我也早该猜到了，除了他，又有谁能入玉华宫如履平地。我喃喃地重复他的名字，霍无雪。

我望着他，心情未曾平静。他的笛声，分明如涓涓细流，又莫名让我想起曾在钱塘观潮的情景，天翻地覆万马奔腾之后，心中有莫名的悲伤。霍无雪走近我，他的神色与当初的轻佻不同，儒雅中透着温柔，他说："玉华公主，皇上生辰那日，你希望我用哪支曲子来配你的惊鸿舞？"

我笑了，瞥他一眼又迅速将眼眸转向别处，媚眼如丝，其实我是多么喜欢他的目光落在我身上的感觉，我说："你是琴师，你来做主便是。"

那日父皇寿宴，沧国大帝的诞辰，自是举国同庆，八方来贺。在来自五湖四海所有达官贵人的面前，我看见繁花深处抚琴的霍无雪。

方知何为"一曲骊歌上九天"。

他弹《梅花引》，本是一首伤感的曲子，可是此时听来却哀而不伤。我穿粉红描金凤凰纱，随着音律翩然起舞，衣袖挥舞间，我的眼睛只看得到他。

白鸥问我泊孤舟，是身留，是心留？心若留时，何事锁眉头？风拍小帘灯晕舞，对闲影，冷清清，忆旧游。旧游旧游今在否？花外楼，柳下舟。梦也梦也，梦不到，寒水空流。漠漠黄云，湿透木棉裘。都道无人愁似我，今夜雪，有梅花，似我愁。

一支舞毕。一曲梵音也缓缓落幕，四下寂静无声，空了良久，才发出阵阵惊叹的欢呼。父皇龙颜大悦，捋着胡子说："无雪，朕要赏赐你。说吧，你想要什么?"

我站在那里，幽幽望着霍无雪，我在想他那样的人不会把金银珠宝放在眼里，那么他会要什么呢？一把绝世的好琴，一篇遗世的乐谱，还是……

"臣想要皇上最珍爱的东西，您肯给吗?"半晌，霍无雪悠悠地说，"臣想要花凉。从此琴瑟相御，莫不静好。"

我重重一愣，难以置信地看着他，我感觉有什么在我胸膛里灼烧，这是我十几年来从未感受过的意想不到的欢欣。

父皇也是一愣。在场所有人都屏住呼吸。良久，父皇看我一眼，忽然笑了，他说："好一句琴瑟相御，莫不静好。自古才子美人，佳偶天成，朕就成全你们。"

我知道，父皇是在我的眼底，看到了我对霍无雪灼热的期盼。玉华公主被赐婚，众人都纷纷起立，拍掌恭贺，所有人都在惊叹，好一对佳偶天成。

可是我却在全世界的幸福忽然降临的时候，想起方才出自霍无雪手中婉转的琴声。

心若留时，何事锁眉头？

为何我却在他的眉宇间，看到一丝难以掩饰的哀愁？

四

成婚的第二天，我去找了司马净。盛夏之时的洛园，百花开得尽了，反倒有种穷途末路的滋味。司马净一身素净的衣衫，没有上妆，一双眼睛淡淡地望着我。

我想开口，可是有一瞬间的尴尬，因为她曾经为之甘愿赴死的男人，现在成了我的丈夫。司马净却仿佛看出我的心思，她握了握我的手，说："花凉，恭喜你。"

我抬头，说："司马净，你不怪我，是不是因为，你知道霍无雪并非真的爱我？"

司马净微微一怔，说："花凉，你不像是这么不自信的女子。"

我摇摇头，说："关于霍无雪，你还知道些什么？你所说的他的心上人，到底是谁？"

司马净看了我很久很久，眼中满是真挚，她说："霍无雪那样的男人，多得一天，也都是恩赐。不要计较这么多，你不会快乐的。"

司马净的手很凉，可是她的话打动了我。是的，计较得越多，我越可能不快乐。与其这样，不如珍惜与他在一起的每一分每一秒。

玉华宫里，我亲自为他下厨。宫里新运来的鲈鱼、竹笋都被我拿到小厨房，手忙脚乱地切啊剁啊，脸上却始终带着一抹笑容。等到霍无雪回来，终于勉强有四菜一汤可以给他品尝。我系着围裙乐颠颠地给他端去，一脸希冀的神色。

霍无雪看见我这样子，不由笑了，说："君子远庖厨，公主更是如此。你看你……"他伸手为我抹去不小心蹭在脸上的汤料。

我坐下来，咬了咬唇，脸红道："为你洗手做羹汤，一点都不觉得累呢。"

霍无雪直直看我片刻，笑容缓缓沉寂下去，伸手夹给我一块炒笋，似是在极力掩饰某种起伏，他说："你也吃吧。"

良久，他又说："父皇赐我十万兵马，命我回黎国平乱。"

我的心缓缓凉了，我低头握着筷子，胸口竟微微刺痛起来。其实我早该知道，这个男人，不是一支舞、一餐饭可以留下来的，他的心不在我这里，他要走，谁也拦不住。

昨日离开洛园的时候，我对司马净说："有些事，不是你不说，我便不知道。但我还是要感激你，是你提醒了我，此刻唯一能做的便是珍惜。"

司马净似乎没想到，她说："花凉，你都知道了？"

我点点头，说："霍无雪聪明绝顶。或许最初我在洛园救了你，都是他一手安排的。他是为了让我记住他的名字。呵，玉华公主聪明一世，其实一样被人玩弄于股掌之间。可是，那样的男人……我又怎能不心甘情愿呢。"

其实要查他也并不难。黎国是南方的一个小国，去年被胡人围攻，都城仗着天险，一直与敌军对峙着，二皇子霍无雪逃出来向别国求援，目光自然便落在沧国身上。可我父亲并非一个仁善的帝王，他断不会无缘无故地出兵援助。所以，霍无雪便娶了他最心爱的女儿。

我不知道这一切对我来说究竟是幸运还是不幸，我只是好害怕，害怕他离开我的那一天。我问司马净："我只问你一句，你所说的他心里的女子，到底是个什么样的人？相传霍无雪的未婚妻是黎国最美的女子沈云昔，这可是真的？"

司马净看我的眼神里满是怜悯，她说："花凉，曾经我也跟你一样执着这个问题。我觉得我不会比她差，只要我用心，一定可以让霍无雪爱上我。可是其实不是这样，我只看过沈云昔的背影，在霍无雪的画卷上。可是我烧了它。因为画像上的女子，只是一个背影，都让人觉得娉娉婷婷，风华绝代。"

为君洗手做羹汤。

或许从此以后，这都只能是我一厢情愿的妄想了。玉华宫的镂金饭桌上，我低着头吃饭，可终究是泪流满面，眼泪一滴一滴落到汤里。我抬头哽咽地问："霍无雪，你可不可以不要走？"

他只轻拍我的手背，没有回答。

还记得新婚那夜，霍无雪掀起我的盖头，第一句话却是说："花凉，对不起。"然后他便睡在隔壁的客房里，自始至终都不曾碰我一根手指。也正是因为这样我才去查他，我知道他心里没有我，我知道他终有一天会离开。

我又何尝不知道，他接近我的目的，是为了我父皇手中的十万兵马，好去解救受困的未婚妻。爹见他是个人才，又知我喜欢他，便放手让他来取悦我，以为他沧国帝王的女儿定会有段佳偶天成的姻缘。

而我，就像所有被那一丁点温暖迷昏了头的飞蛾，明知这是陷阱，又怎能不舍身跳落下去。

我知道最后关头，你终会舍弃我。这便是你眉心的那一点哀愁。

五

霍无雪离开两个月了，我总是在想，他回去后会不会发现自己是记挂着我的。他会不会在那个叫沈云昔的女子身上，想念我的好？总是空茫地希冀着，他会不会回来？

为我而归？

父皇已经察觉我们之间的不妥，他瞒着不让我知道，黎国内乱已经在霍无雪领回的十万精兵之下平复，他也恢复了黎国皇子的身份，却没有要回来的迹象。父皇还是忍不住来看我，抚摸着我日渐憔悴的脸颊，说："花凉，他会回来的。"

其实此时，想必父皇也听过了那些有关沈云昔容貌倾城风华绝代的传言。据说她是那样一个女人，所有见过她的男人都对其再也无法忘怀。只要见到她的笑容，任何一个男人都会甘愿为她去死。

我再也抑制不住心中的崩溃，我伏在父皇腿上嘤嘤地哭泣，很久很久，我抬起头看着父皇的眼睛，我知道此刻他无法拒绝。我说我要去黎国，我要去见沈云昔。

不仅仅因为我的爱情，也因为我的自尊。我是沧国最受宠爱的公主，我从未想过这世上会有人将我这样悬殊地比下去。

父皇知道我此番心意已决，派了五百铁骑，伪装成商队前往黎国。胡人军队被霍无雪从黎国的京都赶出来之后，一直徘徊在两国交界的地方。

大沙漠里烟尘滚滚，一队人马将我们拦下来，领头的是个留胡子的年轻人，有着深邃俊美的轮廓，他说，玉华公主就在这队人里面。有了她，我们就能要挟沧国，牵制霍无雪。手下山贼模样的纷纷应和。

我揭开描金垂玉轿帘，夕阳之下，我看见自己的倒影，云鬓上垂坠的金步摇盈盈晃动着。我抬眼看向那个人，他眼中有一瞬间的怔忡。其实当探子回报说前方有山贼的时候，我便已经将最名贵的霓裳和饰物戴在身上。

除了霍无雪，我想我的美貌对男人来说，该是还有些吸引力的。就在这时，我忽然从身后拿出一把黄金弓箭，小巧的银质箭头，快速而又准确地朝领头那人射去。

所有人都没想到我会这么做。那支箭不偏不倚地射中了他的左眼。

胡人山贼一片大乱，我趁机命侍卫突围，一路狂奔。我撩开车厢后的帘子看他，其实心里不是没有愧疚。可是为了活命，为了见到霍无雪，我也只有如此。

黎国在沙漠的尽头。抵达都城的时候，我已经被风沙折磨得不成人形，一路上缺水缺食物，连我自己都不知道像我这样没受过苦的金枝玉叶是怎么挺过来的。当我拿着令牌跌跌撞撞地闯入皇宫的时候，我走的每一步都是虚的，终于瘫倒在大殿正中。

来接我的人，却不是霍无雪。

那女子一袭玄色纱衣，却遮挡不住曼妙身姿，她身上散发出一种雍容如玉的气度，高贵、恬淡，无法形容，莫名就令人心折。可是她脸上，却蒙着一层黑纱。

我愣住好一会儿，说："你是沈云昔？"

她温柔地扶起我，说："是的。我知道你是来找无雪的。"那声音缱绻柔软，即便我是女子，也觉骨头酥软。

然后我就在她玉兰花一样芳香的怀抱中，昏了过去。闪过的念头却是，到底是何等珍贵如金的美貌，能让她面上蒙纱，连看都不肯让人白看一眼。

六

再醒来的时候，我竟然看见霍无雪。他就那么坐在我床前，绝美的脸上尽是复杂悲戚的神色。我疑心是梦，朝他伸出手去，喃喃地说："无雪，我见到你了么？……我这是在做梦吗？"

他眼中涌出一阵怜惜，捉住我的手，说："花凉，你受苦了。"

我再也控制不了眼中的泪水，忽然紧紧环住他的颈，下巴抵在他的肩膀上，我说："无雪，我好想你。我方才见过沈云昔，我知道也许那样温柔曼妙的女子我一辈子也比不上，可是我会比她更爱你。真的，我知道你接近我是为了救她，我知道你骗了我。可是我不在乎，我真的不在乎……”

我的声音终于由哽咽变为号啕大哭。

霍无雪身子一颤，伸手回抱住我，他第一次用那样的声音叫我名字，花凉，花凉……我回身吻住他，深深地，仿佛用尽一生的勇气。因为我还记得新婚之夜，独对一双红烛的寂寞。而现在，我历尽千辛万苦终于见到了这个男人，我怎么可以放他走？

他的喘息愈加重了，缭绕在我耳边，我嗅到他身上薄荷味的清香。

后来想来，其实当时的我也不无私心的，心想纵使沈云昔国色天香，温柔似水，我又能输她多少？我还幻想着能用这种方式留住霍无雪。

可是后来才知，那不过是如梦一场，只付云烟。

三日之后，又到了一年的四月初三。正是我们去年初遇的日子。

大沙漠里依旧烟尘滚滚，我停下来，说：“无雪，别送了，你回吧。”

霍无雪策马飒飒立在戈壁的阴影里，我看不到他的表情。这一次，是我自己要走的。见过沈云昔以后，我知道我永远无法将这个男人带走。

他看着我，始终只是那一句，“花凉，对不起”。

我无语。思绪又回到那个傍晚。

那是我自以为得到霍无雪之后的一个黄昏。我挑衅着去找沈云昔。宫女们四下退去，我上前一步说："沈云昔，即便要输，我也要输得瞑目。今日无论如何，我都要见到你的脸。"我执着此生从未执过的剑，遥指树下的女子。

她却笑了，面上蒙着黑纱，在寒梅花影中笑容明灭。那声音里有令人心折的风华，她说："花凉，你知不知道，为何你会失去霍无雪？你太执着。太执着的女人，总是令男人疲惫。"

我怔住。或许她是对的，可是却已经晚了。我既然从未得到，便还有什么可以失去呢？我朝她走去，她亦没有闪躲。

面纱掠开的一刹那，只觉五雷轰顶。

这一生，我是真的输了。

尾　声

霍无雪还未来得及与我送别，沙漠唯一的绿洲，却忽然被一群胡人包围起来。领头的蒙着左眼，正是那日被我用箭射伤的男子。

领头的山贼看着我，那表情说不清是怨是恨，他说好个狠辣的玉华公主。今日霍无雪肯出城送你，怕是背着沈云昔的吧。

我失笑。原来霍无雪与沈云昔的故事，竟让山贼都耳熟能详。

他似是学了我那招出其不备，忽然从袖口中掷出一把匕首，不是向我，而是射向霍无雪。

我大惊，脑中一片空白。几乎是下意识地飞身扑向他……

背上一阵刺痛，有利器刺破血肉的声音。我听见那山贼惋惜的声音，他气急败坏地说："漂亮女人不都很精明么？怎么你却这么傻！"

是啊。我的确是傻。

我想起我见到沈云昔的面孔时瞠目结舌的表情。我未曾想过，众人口口传诵的倾国倾城，居然会是这个样子。

那是一张可怕的脸。皮肤被灼得乌黑，五官已经看不清楚，只有一双大眼，依稀可以看出未毁容前的婉转风韵。

沈云昔忽然笑了，她抚摸着我的脸颊说："花凉，你不知道我有多羡慕你。可是我不后悔。我的倾城美貌是为了无雪而毁，以他的为人，他一辈子也不会抛弃我。……即使他真的爱上你，也不会离开我。"

我倒在霍无雪怀里，我看到他一瞬间悲恸起来的眼。我抬头看他，我有那么多的话想对他说……

花凉，花凉，风过花凉，横亘在我血液里的是爱而不得的寂寞。

父皇想必是爱着母后的，可是他将她冷落十年，最后让她郁郁而终。那时你安慰他说，皇上不必遗憾。她会知道您的怀念的。那么你呢？你是否会为我遗憾？又会不会在意我知不知道你的怀念？

我好想开口问一句，霍无雪，你可曾爱过我？虽然我也知道，我就要死了，无论你说爱或不爱，结果都是枉然。

可是还是想见你那双盈盈似玉的眼睛，想听你亲口说爱我。

即使是假的，也无所谓。

秋霜

一　离别曲

早春三月的北方，乍暖还寒，最难将息。

风吹在脸上细微如刀割，无声地提醒春天即将到来的消息。

最后一场薄雪纷飞而至，带着席卷一切的寒气，像在预示一场凉薄的结局。

唐远之握着我纤细的肩，说："如月你跟我走吧。我怎能眼看你嫁给江家病恹恹的二公子。纵使江家权倾朝野家财万贯，跟那样的人在一起，又怎会有幸福可言？"

我拂开他的手，轻轻地，怔怔地，眼泪却落下来，脸上流淌一阵温热，略微哽咽，说："就算他没有病，我也不是甘心要嫁给他的……可是父母之命，我如何拒绝。"

"远之，过了明天我就是江家的人了。以后，我们，不要再见面了吧。"

我转身离开，唐远之却自后拉住我的指尖，那样倔强的一种姿态。他说："如月，我们这么多年的感情，你舍得就这样放手吗？我唐府虽不比江府富可敌国，可也足以令你衣食无忧……"

一番话，让我刚刚坚硬下来的心又开始松动，用尽最后的理智甩开他的手，说："我不会跟你走的。身体发肤受之父母，我决不会让他们因为我而难堪。谁让我柳府受制于人呢。江家老爷动辄一个罪名，足以让我辛苦忙碌半辈子的爹爹仕途穷末，散尽家财。"

我逃一般地跑开，如同害怕自己反悔一般。任身后的唐远之大声地喊：“江子陵已经病入膏肓，冲喜就等于殉葬啊，如月，你听我说……”

唐远之低沉而嘶哑的声音回荡在旷野中，久久不散。

四起的风夹着暮色渐弥的味道，汹涌而至。

唐远之单薄的身影已经看不见了，空留一片清冷凄迷的雾，清冽刺骨，散不开。

二 新婚夜

头顶的大红喜帕被揭开，我第一次见到江子陵的脸。

瘦削，苍白，笔挺的鼻梁，倔强的双唇。

眼神，却是柔软的。

他怔怔地望着我，眸子里的疼痛蒿草一样蔓延。用冰凉的手指抹去我脸上的泪，说：“如月，我知道让你嫁给我这个病夫，苦了你了。”

我抬眼看他，目光触及他眼中真真切切的伤痕，所有的憎恨与厌恶忽然就轻了许多。

其实江子陵的苦，并不比我的少。好好一个前途无量的英俊青年，忽然在两年前染了怪病，愈演愈烈，最后竟卧床不起，白白辜负了风华正茂的大好时光。

我轻轻擦去脸上的泪痕，叫了声，相公。

江家与柳家早早就有婚约，柳家听说江子陵得了重病也犹豫着想退了这门亲事，无奈江老爷位高权重，说要为子陵冲喜，反倒让我提前嫁过来了。入了江家门，生是江家人，死是江家鬼。如果冲喜治不好江子陵的病，我又该如何度过余生？

确如唐远之所说，所谓冲喜，原本就是一场冠冕堂皇的殉葬。这一声相公，不是原谅，只是妥协。

江子陵轻轻抱抱我，说："如月，我知道你已经有心上人了。我不会勉强你。何况，如果我出了什么事，你还是要再嫁人的。"

说完，将一碗水平放在二人中间，吹熄了蜡烛。

风烛残，惜红泪。

月光如霜。我怔怔地望着身边的江子陵，一种异样的感觉在心中缓缓腾升。这个虚弱而温柔的男人，似乎是真心为我打算的。

黑暗中，丝丝细微的温暖无声地蔓延。

那一夜，我回想起许多事。自与唐远之相识以来，自己便一直因与江家定了亲而追悔不已。如今，真的过了江家的门，却发现江子陵也不是那么讨厌的。那满眼的温柔和谦和，平白就让人生出几分好感来。

月光白如水，一夜无眠的，岂止我一个。

三　草戒指

因为江子陵的宠爱，江家上下对我都很恭敬。婚后的日子寡淡如水，却也平静不惊。除了绣花赏月，我几乎没有别的事可做。

那日，我忽然来了兴致，接过侍女手上的药奔向病榻上的江子陵，带着一种撒娇的口吻，说："相公，以后我来服侍你喝药。"

那一瞬间，我清晰地看见江子陵眼中闪过的惊喜。那种惊喜，莫名地让人心疼。妻子服侍丈夫本是天经地义的，可对江子陵来说，这种天经地义却如此难能可贵。

半晌，江子陵还是摇了摇头，说："不用了，我一天要喝好几次药，怕你麻烦。"

我不由分说地将勺中的汤药拿到唇前，小心翼翼地吹凉，再小心翼翼地送到子陵嘴边。子陵看看药，再看看我，脸上露出孩子一样的笑容。

夕阳的余晖细碎地洒进房里，我专注地看着手中的药，子陵专注地看着我清秀的脸，空气里弥漫着花开的味道。墙壁上的一双影子，如此接近。

数月之后，因为我的悉心照顾，子陵的病情大有好转，渐渐可以下床走动了。某种隐秘而微妙的情感，也在时光流走中愈积愈深。

一日，我从娘家回来，看见子陵正坐在花园里小心地摆弄什么。玩心忽起，蹑手蹑脚地走过去，狠拍一下他的肩膀，贴到他耳边说："我回来了。"

子陵回头望我，错愕而羞涩。我开玩笑地说："你怎么了？是不是瞒着我做什么坏事了？"语气揶揄。

子陵脸一红，飞快地把一样东西放在我手心里，说："送给你的。"

我心中一动。看着子陵微红又认真的脸，忽然就笑了。慢慢张开手指，手心里是一只泛着清香的草戒指，手工很精细，看得出来，编的人是花了许多心思的。

子陵侧过脸，说：“江家的金银珠宝很多，随手可得，却不是我亲手为你所做。所以那些都不足以表达我对你的感激。如月，谢谢你走进我的生活，让我重拾久违的快乐。”

我的笑容僵住，忽然就哭了。眼泪如雨，滂沱汹涌。

握着那枚青草指环，心如针刺一般的疼。

其实我刚才并没有回娘家。

我是去赴约的。

唐远之的约。

风月坡上，唐远之执着我的手，说：“如月，我会等你。”

四　青丝绣

我写信给唐远之，很长很长，许多字被眼泪晕湿，墨香蔓延。

清晨，我开始小心取下梳子上的长发，藏在江子陵看不到的地方。

很多时候，我喜欢拉着江子陵并肩坐在庭院里的石凳上赏月。把头靠在他肩膀上，我说：“子陵，之前我不想嫁到江家，并不是因为我讨厌你。我只是，讨厌别人来替我选择生活。我以为我爱的是他，可是现在想来，那也许只是我反抗这桩婚姻的一种方式。”

“子陵，你明白我的意思吗？”

江子陵刚想回答，却开始止不住地咳，大片血红的蔷薇盛开在雪白的丝绢上。我心疼地抚着他的背，一遍一遍地说：“子陵你怎么了，子陵你怎么了。”说着说着，眼里就噙满了泪。

止住咳，江子陵疲惫地摇摇头，说："我没事。害你为我担心了，对不起。"

我忽然莫名地愤怒，忽地站起身来，说："江子陵你为什么要跟我说对不起，你为什么对我忽冷忽热恭敬而疏远？你到底有没有把我当妻子？你到底明不明白，我既已嫁给你，便再也不会离开。"

江子陵怔住，颓然垂下头，说："如月，我的病治不好的。我，只是不想连累你。"

我跑进房里，关紧了房门，将那枚草戒指紧紧握在手心。

江子陵看不到的地方，藏着一幅青丝绣。我用青丝做线，一针一线绣出心上人的名字。第一个字已经绣好，黑亮亮的，光泽明丽。

第二日，我的眼睛红红的，一脸满足的憔悴。江子陵走进房里，说："如月，昨天是我不对。你，一夜没睡么？"

我抬头粲然地笑，这是嫁入江家以来，最舒心的一个笑容。我拿出那幅一针一线蕴满爱慕与相思的青丝绣，上面赫然绣着江子陵的名字。我把它举到他面前，说："相公，这些不比锦绣庄精致的彩线，却根根凝结着我的精魂。天下能比得上那枚青草指环的，也只有这幅青丝绣了。"

江子陵小心地接过来，修长的手指轻轻地摩挲润滑的青丝，沉默良久，说："如月，其实我是个很自私的人。我不值得你这样为我。"

我将头靠在他的胸口，听他慌乱的心跳，轻声地说了两个字——

"值得。"

为你做什么都是值得的。不因愧疚，只因爱情。

五　离间计

海棠睡，春将暮。

唐远之来找我。站在江府的花园里，他指着我的鼻尖说："如月，你这封信是什么意思？你我相识七年，难道抵不上你与他共处三月？"

我急急将他推到一旁，方才所站的地方正对着子陵的房间。我压低了声音说："信上说得已经很清楚，远之，我不想再见到你，我已是江子陵的妻。"

唐远之顿了顿，眼角瞬间闪过一丝诡异。抬高了声音，说："如月你做得好，每日按时给江子陵服药。相信再过些日子，积累的药力便会发作了。"

我皱了皱眉，说："远之，你在说什么？"

唐远之放肆地笑，扬了扬手中的信，说："如月，你在信上不是写得很清楚么？你已经在江子陵喝的药里下了毒，等他归天了便改嫁给我。"

我倏地惊醒，顺着唐远之的目光回头望去，正对上江子陵绝望的一双眼。那双细长的曾经蕴满无限温柔的眼睛，现在只剩灰暗。

我扬手一耳光打在唐远之脸上，转身向江子陵身边跑去，我拼命地跑，却明白地知道，有些事情再也追不回了。

我拼命摇晃他的手臂，说："子陵，不是这样的，你听我解释。"

江子陵的脸忽然红了，继而纸一样的苍白，开始止不住地咳，地上盛开大片殷红的蔷薇。我的脸上挂着泪，手足无措起来，只能抚着他的背，一句话也说不出。

江家的下人簇拥过来，手忙脚乱地服侍二少爷。这样不间断的咳会阻碍呼吸，对他这样的人来说，是危险而致命的。

六　两心爱

我将自己关在房里，三天三夜。房里由呜呼震天的哭喊转为一片死寂。手里握着一枚青草指环，枕边放着一幅黑亮的青丝绣。

事到如今，比起憎恨唐远之来，我更恨的是自己。

如果我不与唐远之藕断丝连，如果我曾经坚定地告诉江子陵自己是爱他的，那么他即使死了，我也是了无遗憾的。

可是江子陵就这样走了，带着被爱人背叛的伤痛和无尽的绝望，毅然决然，再不给我一个解释的机会。

一直以来，江子陵都在为我打算。怕他无法陪我走完一生，想爱又不敢爱，总是一副客气疏远的样子，却又忍不住真情流露。

很久以后我才知道，江子陵一直在为自己的自私而愧疚。原本他可以劝说他的父母不让我来冲喜的。可是因为三年前在集市上的一个照面，他对我，便此生不能忘怀。他想与我共度余生，即使会死，也没有遗憾了。却又担心，倘若自己不能陪我走完全程，我该如何是好。

越是矛盾的爱，越是浓烈。

他是如此，我是如此，唐远之也是如此。

我想我始终无法忘记，那天唐远之握着我的肩膀说："我很卑鄙，可是我的卑鄙是为了谁？柳如月，你知道江子陵为什么染病？两年前，为了让你解除与江家的婚约，我买通了江府的丫鬟，每日在江子陵的茶水里掺入慢性的毒。因为药性柔和，所以大夫也检查不出。如月，为你，我什么都肯做。我真的，不能没有你。"

七　发如雪

我将自己关在房里，三天三夜。

追悔莫及是人世间最残忍的煎熬。

我抚着枕边的青丝绣，握着掌心里的草戒指，记忆中所有的痛，眼睛中所有的泪，在心中凝成万劫不复的暗涌。

只觉万念俱灰。

唐远之终于忍不住破门而入，然后瞠目结舌地愣住，泪水声声砸在地上。

我目光空洞地看着他，木然地转头望向铜镜中的自己。

伸手捋捋头发，指缝间一片灰白干涩。

曾经乌黑光亮的一头青丝，一夜之间已斑白成灰。

只有枕边的青丝绣光泽如昔。

一场因爱而生的骗局，最后因了谁的自私，激烈得曲终人散。

唐远之轻轻走过来，说："如月你不要这样，我欠你的，我还你便是。"

然后他抓起桌子上的剪刀刺向自己的喉咙。

八　秋浦歌

其实江子陵并没有死。

他依然可以呼吸可以喝药可以给活着的人一点慰藉，他只是再也无法醒来。

我想那样会比死更痛苦。

可我自己又何尝不是呢？

不知明镜里，何处得秋霜。

海棠不惜胭脂色

海棠不惜胭脂色，独立蒙蒙细雨中。如果再相见，我便来怜惜你吧。

春波碧草，百花深处。荼蘼夏日中，生命中最热烈的一场相遇。

一

琳琅低垂着头，轻掩上手中的诗书，声音淡漠如天际飘忽的流云。“萧公子，请回吧。”她抬起头，簪子上的珠链微微一晃，泠泠如雨意缥缈。

萧子夜定定地注视她，眸中浓烈的爱意终于化为一抹爱而不得的凄凉。那样的惶恐，那样的无助，隐隐夹着一丝愤怒。二十年来，从没有人能让他露出这样的表情。六扇门名捕萧子夜，世家公子，武林高手，黑白两道，无人不买他的账。本是意气风发的天之骄子，呼风唤雨，纵横江湖，任何事都不放在眼里。为何世上偏偏要有这样一个女子，即使他把心掏出来放在她面前，她也看都不会看一眼。

其实，顾琳琅远非倾国倾城。

只是一双秀目水意盎然，脸色白净得近乎苍白，无端让人生出一抹怜惜来。

顾家本是江南世家，上一代起开始没落，渐渐连温饱都难以维持。琳琅只好抛头露面地出来教书，琴棋书画，信手拈来。可是即使满腹经纶，惊才绝艳，也不过是个女子。茫茫乱世，萧子夜这样的男子，无疑是个很好的依靠。可是她拒绝了，一次又一次，渐渐地，连学堂里的孩童都记住了这位锦衣金冠的英俊叔叔，小七忽然走过来推了萧子夜一把，没好气地说："别再缠着顾老师了，否则小七第一个不放过你！"

学堂里的孩子都是喜欢萧子夜的。只有小七，无端地对他有敌意，似是与生俱来。小小年纪，他已经初初浮现出俊美的轮廓，最是顽皮倔强，对琳琅却极是尊重。半晌，琳琅有些疲惫地轻抚小七的额发，轻声训斥了一句："小七，不得无礼。"

萧子夜眼中却只看到她，定定的，仿佛穿透了自从遇见她起那些孤单而又快乐的岁月，忽然扼住她的腕，一字一顿问道："那个人是谁？"

时至今日，他忽然明白，她心中已经住了一个人。纵使时光匆忙，乱世成殇，依然无法将其忘怀。

窗外姹紫嫣红，已是夏末。琳琅眼中浮现一抹刺痛，仿佛被触到经年的伤口。她忽然想起那个人，一袭白衣，凤目潋滟，也曾在这样荼蘼夏日的百花深处，给她一生难忘的记忆。

二

那一年，她还是未及二八的好年华。人人都为她叹息，顾家女儿顾琳琅，诗画双绝，弹得一手好琴，可惜小姐身子丫头命，刚生下来顾家就沦落到举家食粥的地步，空有咏絮之才。城中曹丞相，富甲一方，传说得了个容貌秀美的女儿，恨不得捧到天上去。连为她选丫鬟都甚为严苛。琳琅才名远播，自是伴读丫头的好人选。

那时年少，琳琅初入丞相府，看到如此繁华富丽的宅院，心想此后就要寄人篱下，难免生出顾影自怜之感。一群仆妇又指着她小声议论："你看这就是顾氏之女顾琳琅，都说她有咏絮之才，可不也要来当下人么。"

咏絮之才，咏絮之才，这话琳琅早就听得腻了。望着一池春波碧水，轻声吟道："二月巴陵日日风，春寒未了怯园公。海棠不惜胭脂色，独立蒙蒙细雨中"。

炎炎夏日，午后寂静，琳琅的声音空灵悠远。迎风独立的身影，如象牙纸剪出的美人影，薄透动人，又带着一丝引人怜惜的小忧愁。微一侧头，却只见亭上一个翩然白影闪过，倏忽间消失在花木之中，不见了踪影。

他的声音却响在耳边。

陌生而戏谑的男子的声音。他说："好一句海棠不惜胭脂色，独立蒙蒙细雨中。如果再相见，我便来怜惜你吧。"

琳琅一惊，举目四顾，却哪里还有人？那一声轻浮的言语，好听的男声，便仿佛夏日里飘忽的一场幻觉。

三日之后，丞相府忽然戒严，人人严阵以待，草木皆兵。曹丞相让琳琅穿上小姐的衣服，一袭烟绿色镶银线长裙，画贵族小姐才有的梅花妆。他不说是为什么，可是聪明如琳琅，又岂会不知。

盗圣秦月白，留书一封说要来偷曹丞相的相印，大抵是受了某个丞相政敌的委托。而这个盗圣，不仅仅盗名远播，同时也是个采花贼，京城里名门千金闺房里的常客。传说此人容貌俊美，游戏人间，虽然是个恶名昭著的采花贼，却卷走了无数名门闺秀的片片芳心。曹丞相此时对女儿的担忧，其实更甚于那枚相印。然而丞相之女，身姿气质，也并不是任何人都装得像的。才女顾琳琅便是最合适的人选，成了最无辜的幌子，彻夜独坐于小姐华丽的闺房。

丞相千金的房间很大，有两处与花园相接的木制连廊。一处朝着荼蘼百花，一处朝着那日她独自吟诗的水榭。夜深了，纵有无数侍卫在屋外严守，琳琅还是忽然察觉到一抹危险的气息，有人在暗处朝她逼近，而她，无处可逃。

三

“谁？”她厉声问道。

他一袭白衣，身影一闪，自红木圆柱后探出头来。目光却在触及琳琅的时候微微一怔，轻声道：“原来是你。”

琳琅猛地回转过身，凤凰金步摇颤颤地抖着，仿佛展翅欲飞。他的声音这样熟悉，这样飘忽，仿佛在梦中听过，又不确定是否真的是他。昏暗的烛火中，他脸上有温存的笑容明灭着，一双潋滟凤目直直望着她，仿佛凝着一池春水。

一瞬间，她忽然想起诗书里那些描写爱情的诗句，却又没有一句可以详尽地形容如今这一时一刻的念想。

“……野有蔓草，轻扬婉兮，邂逅相遇，适我愿兮……虽则如云，匪我思存……南有乔木，不可休思……”她脑中混乱不堪，一见钟情，一生情定，她未曾想过会在此情此景之下遇见这样一个男子，她第一次这样无助，这样无法控制自己的心绪。

他扬唇一笑，笑容里仍有戏谑，他说：“海棠不惜胭脂色，独立蒙蒙细雨中。原来是你。”

“秦月白？”琳琅轻声问道，她忽然明白，为什么会有那么多的女子沉溺在他琥珀色的深眸里。

“原来你竟知道我。”他笑，如颜色瑰丽的毒酒，她忽然仓皇，转身欲逃，却被他自后揽住，那双手臂那样有力，白衣上隐约有淡然高贵的熏香。胸口处传来自己的心跳，急促、慌张、无处可逃。

“我不是……”她想分辩，她想告诉他她不是曹丞相的女儿，她是顾琳琅，原本不该遇上他的顾琳琅。可是话还未出口，他已经吻上她的唇，那样怜惜，那样温存。她挣扎数下，双手终是无力地环在他腰间。

“海棠不惜胭脂色，独立蒙蒙细雨中。如果再相见，我便来怜惜你吧。”

春波碧草，百花深处。荼蘼夏日中，生命中最热烈的一场相遇。

他说：“琳琅，我是真的喜欢你。”

晨曦初露，她靠在他怀里，也想相信这样美丽的情话，可是又怕一旦相信了，受的伤只会更深。她什么话也没有说，只是轻声地叹息。

他忽然心痛。将她抱得更紧，仿佛用尽毕生的力气。

“宁愿永远不知道真相，宁愿在最缠绵的时候放开你的手，宁愿要你想我念我一世，也不要到最后，让我恨你，好不好？”她的声音那样心酸，又那样隐约地希冀，让他忽然无法开口。

无法开口让她知道，倘若伤害了她，他的心会更痛，平生第一次生出这样软弱的无力感。

“待我把相印交给金主，了却这最后一桩生意，我便回来接你。天涯海角，永不分离，好不好？”他在她耳边说，那样认真，那样笃定，声声落地，字字珠玑。

四

她一直等，一直等。

春去秋来，一个又一个的盛夏，在她眼前呼啸而过。他没有回来。

起先，她也哭过。

后来，她辞了丞相府的差事，一年来在家闭门不出。

再后来，她在学堂教书，教孩子们修身齐家治国平天下的道理，也教他们《诗经》里旖旎的诗句。人称有咏絮之才的顾氏才女顾琳琅，就这样渐渐淹没在人群里。

心底里，她却还始终相信，总有一天，他会再一次出现在她眼前，于百花深处深深地将她凝望。

直到萧子夜出现。反而更让她明白，这一生，秦月白无人可以替代。

纵使时光匆忙，乱世成殇，依然无法将他忘怀。

只是她不知。七年之前，萧子夜曾在京城近郊击败一个江湖上声名显赫的大盗。

那时他正赶向曹府，满心满眼都是一个女子的影像，却于倏忽扬头之间，看见京城名捕萧子夜的剑。

“今日之后，秦月白会在江湖上消失。我只想要一个重新开始的机会。”骄傲如他，这已经是最卑微的乞求。他明白，此刻他心里已经有了牵挂，所以这场仗，他不可能赢。

萧子夜年少气盛，又哪里肯依。凛然一笑，已经挥剑指上他的喉咙。

白光闪烁之间，他的血流出来，眼睛却遥遥望向北方。

那个有她的方向。

“琳琅。”他唤她一声，用尽一生中最后的气力。

学堂旁的厢房里，萧子夜黯然离去。小七看出女先生眼中的哀伤，乖巧地依偎在她身旁。

琳琅轻抚小七的额发，仿佛透过他稚嫩而熟悉的轮廓，看到他依稀徘徊在她梦里的影子。茫茫世间，她还有这个孩子，亦是他在茫茫世间留给她的唯一牵挂。只是她不能与他相认，不能将他推进世俗的纷繁的眼光里。

盛夏已尽，雪花飘落。

她还在等待。等待一个永远不会再回来的归人。

印香楼记之蝴蝶

印香楼是一个庞大的组织，盘根错节，无所不在，势力遍及了整个香之国。我的代号叫作蝴蝶，是这个组织内部最底层的一个杀手，除了杀人和领银子，一无所知。

我连自己上司的真面目都未曾见过。我只记得他的声音，和一张冰冷的银色假面。

他说我可以叫他夜阑。

冷露无声夜欲阑，这句词，真像他的眼睛，我想。

一　人生若只如初见

今日是我搬到香花小镇的第三天，邻居们都很友善，房东陈婶热情地告诉我最近的菜场、寺庙应该怎么走，然后她稍微压低了声音，对我说："最近镇上来了个很灵的神算子，号称是香之国第一神算，据说是从苗疆过来的，不但会起卦问卜，还会下蛊疗毒。我看你姑娘家家的年纪也不小了，有空可以去找他批个八字，看何时能找到一个如意郎君吧。"

我红着脸说："陈婶你真会取笑人……不过，那个神算子住在哪里？有空倒是想去看看呢。"

陈婶微带促狭地看了我一眼，递给我一张黄布条，上头写着"鸡头岭南神算子，神机妙算天命归，如玉小楼山头坐，一品香国仙客来"。

我把这布条攥在手里，唇角划过一丝淡淡的笑容。香之国第一神算，跑到这个边陲小镇上来安身立命，倒不知日后要给这里带来多少腥风血雨了。

路过镇上酒楼的时候，忽有个酒壶从半空里砸下来，我本能地想要闪身避过，可却在那电光石火的瞬间里改变了主意，任那酒壶落在我脚步前三寸左右，溅了我一鞋面的水。佯装嗔怒地张望过去，只见一个瘦高少年匆匆从楼梯上跑下来，嬉皮笑脸地对我说："对不住啦姑娘，弄脏了你的绣花鞋，待会儿我给您赔一双吧。"

我认得这是镇上有名的小混混，岳南峰。本是个出身簪缨世家的公子哥，可惜后来家道中落，功名无望，又过惯了纨绔子弟的生活，整日靠着几亩薄田，跟着一群狐朋狗友打架斗鸡，聚众赌博，偶尔也会调戏一下新搬来的漂亮姑娘。

我低头看一眼鞋面上被酒水打湿了的鸳鸯，说："不用了，自己做的，不值几个钱的。"

他身量高出我许多，低下头来看我的鞋子，一副大惊小怪的样子，眉眼里有种玩世不恭的风情，他说："呀，你的手可真巧。日后哪个男人娶了你，可真是很有福气呢。"

我淡淡看他一眼，正要客套几句，这时身后忽然传来一阵嘈杂声，回头一看，原是本地县令的儿子正领着一伙儿人狂奔过来，手里都握着木棒和铁杵，嘴里嚷嚷着："好你个岳南峰，连杜公子的女人都敢抢……"原来是一场风月纠纷，我刚想闪到一边去避开，却已经来不及了，眼看那群人已经气势汹汹地冲到了身后，这时岳南峰忽然拉起我的手，慌不择路地往前跑去。

香花小镇地处江南，此时正是冬季，不似北方雪天那种寥落清冷，反而有种柔弱凄楚的美感。两侧的风景迅速倒退，河边的大树上还挂着几处未落尽的花枝，花红柳绿沾染了冬日的灰色，倒更似一幅水墨风景画了。他的手很大，很暖，骨骼纤细，却十分有力，拉着我不停地跑，白色衣袂如雪翻飞，发出鼓鼓的声响。我侧头看他，只见少年的黑发迎风飘舞，那一张侧脸，像极了多年前的司徒莫南。

不知道跑了多久，他终于停下来，气喘吁吁地看着我，一句话也说不出来。我轻轻甩开他的手，望着这张似曾相识的陌生的英俊脸庞，不可救药地想起了那些逝去了很久的年华。

……莫南，莫水之南。那个少年，有一双清澈薄透的眼睛，曾站在琼花树下折下无数花枝给我，只为博我一笑。

二　冷露无声夜欲阑

小时候我一直生活在丞相府。司徒丞相位高权重，清正廉明，是香之国老百姓耳熟能详的人物，为人却很随和，一有空就带着莫南和我去京城北郊的琼华山上玩。

莫南是他的独生子，而我只是府中管家的女儿，可是司徒丞相待我很好，有时候甚至比对莫南还好，比如我们两个吵嘴的时候，他总是会向着我。母亲说，那是因为司徒丞相是真正的大人物的缘故。

母亲说："真正的大人物，不会因为你出身低贱而瞧不起你，不会因为你无权无势而鄙薄你，他会一视同仁，懂得欣赏每个人的才华。”这番话，当年我听起来一知半解，却一直记在心里。司徒丞相的背影，在我印象中总是顶天立地，直到那一日的大火，一切轰然崩塌。

莫南与我年纪相仿，从小一起长大，司徒丞相经常教我们两个读书写字，他书念得比我好，字也写得比我漂亮，可是司徒丞相却总是夸我，说我对色彩搭配很有天分，画出来的水墨丹青，画工不是最好的，却总是最显眼。

这时莫南总会撇撇嘴巴，说：“她啊，写诗写不好，讲经也不会，要是画画再没两下子，那真是百无一用了。”

那时我还年纪小，是个爱生气的傻姑娘，歪着头瞪他，说：“百无一用是书生，这话你没听说过吗？我再也不要理你这个书生了！”说完我跺了跺脚，转身就跑，隐约听见司徒丞相在我身后笑着说：“小蝶天资聪慧，骨骼奇特，怎会是个平凡的人呢？你们两个都是寒梅遇水的命格，走好了就大富大贵，平稳一生，走不好则刀山火海，万劫不复，只有彼此扶持才能化险为夷啊……”

那时我听不懂司徒丞相的话，只是气哄哄地跑，心想莫南这个混蛋，竟敢小看我，以后总有一天我要成就一番事业给他看！天色渐渐黑了，我不知不觉走到我们经常去的琼华山北坡，却看见琼花树下的草坪上放着大片大片的琼花花枝，那个少年，眼神清澈而薄透，站在最后一丝夕阳前面，傻笑着看我。

对上我的眸子，他眼睛一亮，捧着如雪花枝走到我面前，说：“小蝶你怎么这么爱生气？你看我为了博你一笑，残害了多少琼花。”

橘色薄暮之下，他的黑发垂在眼前，映衬得一张小脸白皙似玉，他说："爹爹说了，我们两个这一生要互相扶持，一起做香之国的中流砥柱，好不好?"然后他把手里的琼花抛上天空，好似一场芬芳的雪。他说："我以后，一定要做个好官。"

彼时他还相信朝廷，相信这个国家的体制，想像他父亲一样，走经世致用的道路，做栋梁之材。

他相信，我就陪着他相信，只是不久之后的变故让我们明白，香之国，是一个只适合黑暗生存的国度。

岳南峰上气不接下气地看着我，身后是一树一树凋零的花枝，他说："小蝶姑娘，你很厉害啊，跟我跑了二里地，竟然一点儿气都不喘啊。"

我笑而不答，说："敢跟县令的儿子争女人，你也真够胆大的啊。"

少年脸上一红，急急解释说："不是这样的啦，只是偶然碰到良家姑娘被调戏，我看不过眼，就上前说了几句公道话……哪知那人竟是县令的儿子，凶得不得了，还很记仇，为了这点事，已经追了我好几天了……"

我看他这样子，不由好笑，轻声劝道："县令不过是个七品芝麻官，却能在这小镇上只手遮天，香之国的朝政，也真够暗无天日的了。"

岳南峰听了我的话，微微一怔，仿佛受到了某种触动，良久良久，这才抬起头来看我，眼睛里有种似曾相识的光彩，他说："个别的贪官污吏，滥用职权，并不能代表所有人，香之国还是会有光明的——如果多几个像司徒清风那样的好官的话!”

听到司徒大人的名字,我微微一愣,只听岳南峰自顾自又说:“如果有机会,我也要像他一样,做香之国的中流砥柱,为国为民。”

这么多年来,我以为我已经很能控制自己的情绪,做到真正的冷血无情,可是现在,当我望着这张酷似莫南的脸,听他口中说着他曾经说过的话,无法克制地冷笑道:“司徒大人清廉一生,为国为民,最后还不是死得那样惨?你学他,学他诛灭九族、死无全尸吗?”

岳南峰一愣,说:“司徒大人不是死于一场火灾吗?朝廷说,那是意外啊。皇帝还亲手给他写了悼文呢……”

此时已是黄昏,冷雾弥漫,我侧头望着江边一树凋零的残花,没有再说话。

那场大火,烧红了京城的半边天,整整三天三夜才扑灭。司徒府上下一百三十二人,没留下一个活口。

司徒丞相虽然位高权重,可到底是外姓人,卷入皇族与外戚的党争,莫名其妙地做了牺牲品。那个时候,其实还有半个月他就要告老还乡了,莫南先一步回去打点一切,我忙着收拾东西准备离开京华,心里还有些不舍。

有一句诗不是这样念的么?“冠盖满京华,斯人独憔悴。”只是我年纪还这样小,未来得及见识京城的繁华,便要离开这里了,不过既是同司徒大人与莫南一起,去哪里也都是好的。

只是那一夜,睡着了的我忽然被母亲摇醒,她做了个噤声的手势,将我塞进柴房的米缸里，从柴火垛里抽出一把长剑，剑鞘生了锈，剑刃却是精光四射，说："府里潜进了许多黑衣人，来者不善，善者不来，我去保护司徒大人，你藏在这里不要出来。"

这一切发生得太过突然，当时我只是害怕，本能地扯住母亲的衣角，不肯让她走。月光下白刃闪烁，我永远记得她当时微笑的表情，她慈爱地抚摸我的额头，说："对不起，小蝶，娘亲骗了你，也骗了司徒大人。"

我一愣，眼睛睁得更大，握着母亲衣角的手也攥得更紧。

母亲握住我的手，说："我是印香楼的人，被派来监视司徒大人。司徒夫人去世很多年了，他喜欢我，我心里是知道的……可是因为我的身份，我不能接受这段感情，也做不出伤害他的事情来……小蝶，我们母女欠他很多，也许今夜，就要全部偿还给他了。答应我，无论如何，你都要活下去……好好活着，替今晚所有即将死去的人好好活着……"

然后她就打晕了我，留在我眼底的最后一个表情是淡淡的笑容。很冷，很艳，像极了她手中的长剑。

再醒来的时候，我已经身在一个地窖，与一群衣衫褴褛的小孩子站在一起。

很快我便知道，我们都是印香楼的新丁。

很多年以后，我才真正了解我身在何处。

印香楼是一个庞大的组织，盘根错节，无所不在，势力遍及了整个香之国。我的代号叫作蝴蝶，是这个组织内部最底层的一个杀手，除了杀人和领银子，一无所知。

我连自己上司的真面目都未曾见过。我只记得他的声音，和一张冰冷的银色假面。

他说我可以叫他夜阑。

七年以来，他跟我说的话一共不超过三十句。

冷露无声夜欲阑，这句词，真像他的眼睛，我想。

三　栖鸦不定朔风寒

朝廷对司徒府的惨案睁一眼闭一眼，明知道是灭门惨案，却对外宣称只是意外，皇帝还假惺惺地亲笔写了悼文，那一百三十二条人命死得不明不白。其中包括我最爱的和最尊敬的两个人。可是我却身在一个与世隔绝的地窖里，什么都不能为他们做。

那段时间，在印香楼训练新丁的地窖里过着非人的生活，我每天晚上都梦见莫南……我梦见这一切都不是真的，他还在琼花树下对我微笑，司徒大人站在旁边，手里捧着我亲手画的水墨丹青。母亲微笑着看他，柴垛里没有生锈的剑鞘，她也没有说那些稀奇古怪的话。我多希望一睁开眼睛，能发现那场大火是一场梦，可是每一个清晨，我都会失望。

印香楼训练杀手的方式残忍得难以想象，所有存活下来的人都是经过无数次自相残杀，手上沾满同伴鲜血的野兽。

心慢慢冰冷起来，渐渐地也不再想起莫南。我知道他不会来，不会救我出去，我只希望他在世界的某个角落里平安无恙，永不知我身上所发生的一切。

那个少年，停留在琼花树下灿烂无邪的记忆里。

他是我生命中仅存的美好。

然而这些过去，我不能同任何人讲。原来再惨痛的记忆，被时光打磨之后，都可以淡然地一笔带过。岳南峰送我回家，他说："小蝶姑娘真是对不住啊，你刚搬到这个镇上，就惹上这么多麻烦，都怪我不好。"

我低着头，望着亲手绘制的鸳鸯鞋面，没有说话。

岳南峰见我不说话，讪讪地又说："方才提到司徒大人那段旧事……你怎么不往下说了呢？难道，你与司徒府有何渊源？"

我侧头看他一眼，这个少年这么年轻，这么干净，清澈得近乎透明，一如很多年前的莫南。他身上有我想拥有却已经失去了的一切，所以对他，我总是无法袖手旁观。

"要想好好在这个世道中生存下去，有些话就不能问，有些事也不能管，庸庸碌碌，方能安然无恙。"我对他说，"县令的儿子大概过阵子才能消气，你去隔壁村里避几天吧，记得下一次不要多管闲事。"

岳南峰对我这番话很是不屑，说："你们女孩子家就是胆小怕事，做男人是不可以那样的，路遇不平，不但要拔刀相助，还要找到这个'不平'的源头，从根本上杜绝这种事再发生……"他摇头晃脑地说着这些傻话，可爱又可笑。就在这时，只见他身后银光一闪，我一把将他拽到身边，避开了那柄白刃，一边拔下头上金簪，直刺白刃上方三寸之处，那人手腕一翻，回手已将岳南峰打昏。

夜半无人的小巷子里，深蓝色的天幕上挂着几点寒星，他脸上的银色面具灿然冷艳，只露出一双眸子深不见底，璀璨幽邃。——像极了他的名字，夜阑。

他无声地举起手中白刃，毫不犹豫地刺向岳南峰的胸口。我心中没来由地一阵恐慌，翻手用金簪格开了他的刀，声音里第一次带了些哀求，说："他什么都不知道，与我只是萍水相逢，你何必如此？"

夜阑的声音永远冷冷的，没有一丝温度，他说出的每一个句子都像是由单个的字拼凑在一起，不连贯，听不出口音，也没有喜怒，他说："斩草除根，唯有这样才可以确保万无一失。蝴蝶，你想违抗我吗？"

我心中恐惧，能感觉夜阑此时是真的动了怒。可是望一眼躺在我脚边的岳南峰，我硬着头皮继续求情："这个镇子很小，闹出人命的话影响会很大，我已经查到了那个香之国第一神算的所在，这几日就可完成任务，何必再为一个无关紧要的人节外生枝呢？"

夜阑看了我一会儿，那目光含义未明，我垂着头，不敢直视他的眼睛，却能感觉到那双眸子里起了些波澜，他忽然问我："你为什么独独对他这么特别？"

我心头一震，一种莫名的恐慌弥漫上来，抬起头错愕地看向夜阑。他脸上的面具银光凛冽，没有一丝表情，他的声音柔和了一些，他说："蝴蝶，你要时刻记着自己的身份。为印香楼办事，就是要绝情绝爱。你在乎一个人，是会害死他的。何必呢？"

我怔了怔，心中仿佛有种莫可名状的东西被他的话点醒了。在乎一个人的感觉……我已经很多年未曾有过了吧。不知哪里来的勇气，我说："与组织的五年之约就快到期了，到时候我会离开印香楼，去过正常人的生活。"

夜阑看着我，一双眼睛深埋在面具的阴影里，看不出半点儿端倪。我对他说："杀了香之国第一神算子之后，我就带着这笔银子远走高飞。夜阑，你我主仆多年，希望你不要阻拦。"

他仿佛闭上了眼睛，月光照在银色假面上如水流泻，那声音仿若梦呓："蝴蝶，为什么你总是这么天真？你以为这样一个普通的男人，能够接受你沾满血腥的过去？还有那些过去的情爱和仇恨，你真的可以全部放下？"

我靠着墙壁，忽然觉得无力，他说出了我心底的牵绊，也是我一心想要克服的东西。我母亲来自印香楼，司徒府的覆灭也与印香楼有关，这些年来，我一直想查出真相，为我在乎的人报仇，可是现在却想要放弃了，因为这个组织结构复杂，盘根错节，凭我一己之力，根本无法改变什么。

"我只是想像个人一样生活。"我靠着墙壁，仰头望着天上黯淡的月色说，"真的，我只是不想再过这种野兽般的日子了。没有感情，没有光明……也没有希望。"

他眼中忽然有一种柔情闪过，似动容，又似怜爱。这时月亮被一片浮云遮住，天空变得更暗。我眼前忽然一黑，夜阑动作很快，我还没看见发生了什么，双唇就已经被深深吻住，舌尖温热，并且突如其来。

他口中隐约竟有琼花的清香，我睁大了眼睛看他，睫毛几乎碰触到了他的眼眉。夜阑原本把面具提在手里，此时“叮”的一声掉到地上，他抬起双手捧住我的脸，吻得更深，更急，吻得我无法呼吸……情不自禁地闭上眼睛，始终未曾看到他的容颜。

不知道过了多久，他终于松开我背过身去，右手张开，那片银色面具便回到了他手中。他背对着我戴好，一言不发地渐渐走远，玄色外衣隐没在黑夜里，仿佛未曾来过。

我气喘吁吁地站在原地，唇角还残留着他的味道，不知为何竟有些熟悉的感觉，仿佛夹杂着琼花的清香。

四　生憎画鼓楼头急

岳南峰醒来的时候，我正在灯下绣鞋面。此时天已经快亮了，他在榻上动了动，然后揉着脑袋坐起来，问：“这是哪里？我怎么会在这里？”

我没有回答他，只是一针一线地绣着我的鞋面，自顾自地说：“小时候，我很会画画，有个人曾经夸我说，很有色彩搭配的天分。”岳南峰一愣，揉着脑袋继续听我说。“可是现在，我不敢再作画了，因为我怕一拿起画笔，就想起过去的人和事。”我站起身，打开橱柜，露出一排绣着各色鞋面的鞋子，说，“于是我改成绣花——每杀一个人，就会绣一双新鞋子给自己。”这话我说得平静，面不改色，岳南峰脸上陡然一惊。我低头望着脚面，说：“被你弄脏的这双鸳鸯戏水图案的鞋子，大概是第五十八双了。”

岳南峰把眼睛睁得很大，灯光下眸子里映出两簇耀眼的光亮，我回头直视着他的眼睛，说：“我这充满血腥的过去，你能接受吗？如果能，就请在我杀完最后一个人之后，带我离开香之国。”他的眼神那么错愕，像个受惊的孩子。我有些心凉，说：“如果不能，你就静静离开这间屋子，当作从来也没有见过我。”

岳南峰惊得站起身来，碰翻了桌上的茶碗，我以为他是要走，默默地背过身去，却忽然被一双有力的手臂紧紧拥在怀里。他说：“小蝶姑娘，我很高兴你能对我这么坦诚。我从小被人打惯了，晕过去之后很快就会醒来，所以你和那个男人的话，我都听到了……”

我一愣，侧头就对上他因为太过接近而无限放大了的眼眸，他说：“第一次拉你手的时候，我就想，如果可以一直不放开，该有多好……不管你过去发生过什么，不管你喜欢我是出于什么原因，我都愿意跟你在一起。”

我心中温暖，可是面上依然是淡淡的表情，扶他在椅子上坐好，说：“再给我一天时间。过了明晚，一切都会好起来的。”

五　不放征人梦里还

鸡头岭南神算子，神机妙算天命归，如玉小楼山头坐，一品香国仙客来。——万没想到，传说中神乎其神的香之国第一神算，竟然是个妙龄少女。她脸色苍白，有一双大得超乎寻常的眼睛，坐在层层白幔之后，说：“你来了，蝴蝶姑娘。”

我提着剑，走路带风地往里走，冷冷地说：“怎么，香之国第一神算，竟连我的名字都能算出来么?”

那少女看起来非常虚弱,见我杀气这么重,竟也不害怕,只是笑着看我,说:“既然来了,就让我替你起一卦吧。蝴蝶姑娘,这跟一个你很在意的故人有关。”

我一愣,停下脚步,脑海中浮现出那个琼花树下的少年,那么远,又那么近。还未等我回答,她已经摇好了一卦,说:“象曰:天行健,君子以自强不息。潜龙勿用,阳在下也。见龙在田,德施普也。飞龙在天,大人造也。亢龙有悔,盈不可久也。用九,天德不可为首也。——此卦刚健中正,乃是上上之卦。”

其实我不很懂她在说什么,只听明白了最后一句,这时只听她又说:“你找了很多年的人,现在终于就要出现了。只是……”她没有再说下去,只是略带怜悯地看着我,说:“只是有些事,既然改变不了,还是不知道的好。”

想必世界上没有任何一个人,会在这个时候不好奇自己的命运,我追问道:“你这话是什么意思?只是什么?你告诉我!”

少女无力地摇了摇头,大眼睛中掠过一丝空茫,说:“蝴蝶姑娘,有些事情,不知道的话,反而容易有转机。”我见她不肯说,就用手握住了剑柄,心想完成这桩任务之后我就可以自由了。这时她对我说:“我知道是印香楼派你来杀我的。曾经,我也是印香楼的人,那就像一个巨大的黑洞,一旦跌了进去,想再出来就很难了。我想我明白你现在的心情。”我一愣,她又说:“其实我并不是在跟你求情,今天跟你说这番话,也是为了岳南峰。……前阵子我的侍女在街上被恶霸调戏的时候,是他救了她，因为感激他，我才帮你起了方才那一卦。——我也是印香楼出来的人，以你的武功，未必杀得了我。”

我的手放在剑柄上，顿住很久，终于缓缓松开了，说：“你走吧，我就说你死了，以后不要再在江湖上出现了。”

少女站起身来，白色衣裙看起来非常宽大，她太瘦小了，平白惹人怜惜，她说：“我现在就留下一具尸身给你，让你回去交差。香之国第一神算，从此再也没有了。蝴蝶姑娘，多谢你了。”说完，她转身离去，走出几步，回过头来对我说：“看你待我这么好，就再告诉你一件事吧。香花镇的县令，真实身份是印香楼的无音堂堂主。十年前，就是他带着一队人马，夷平了司徒丞相府。”

六　秋淡淡，月弯弯。无人起向月中看

印香楼有一百零八条规矩，当初我们每天都要背上十几遍，已经熟得不能再熟了，其中第一条就是，同门相戕者，无论出于何种原因，必遭千刀万剐。

那个黎明，我从鸡头岭南往回走，我以为从此之后，迎接我和岳南峰的就是一片光明。可是走到半路的时候，四面八方传来窸窣的脚步声，非内功深厚者无法听见，多年来在血腥中培养出来的直觉告诉我，这群人是冲我来的。

我握着剑柄，找了一棵大树底下站定，扬声说：“哪路的兄弟？出来现身吧。”

簌簌几声风响，一队黑衣人隐现在晨雾迷蒙的山路上，为首的男子戴着银色面具，清冷而肃杀，我知道是他。

“夜阑。”我哀哀地说，分明想起方才的卦象，可是不敢去想，我说：“我已经杀了香之国第一神算，连赏金都打算不要了，你为何还不肯放过我？”

夜阑走近了我，声音很轻，只有我们两个听得到，他说：“无音堂堂主死了，这件事，总要有人来负责。”

我睁大了眼睛，难以置信地看着他，忽然有些明白了：“你想把这个同门相戕的罪责放到我身上？夜阑……你为什么会变成这样。”

这么多年来，虽然我无比痛恨印香楼这个地方，可是夜阑，他仍然是在这个世界上唯一与我有关联的人。很多时候过年过节，我心底都盼望着他能出现，给我布置个杀人的任务也好，虽然充满了血腥，起码证明我还存在着。

可是此时，这个吻过我的男人，竟然要将我赶尽杀绝。我后退一步，说：“我刚从鸡头岭南香之国第一神算那里回来，怎么可能跟无音堂堂主的死有关？”忽然想起那少女方才同我说过的话，无音堂堂主就是香花镇的县令，脑中忽然闪过一个念头，难道……杀他的人是岳南峰？

夜阑的面具在曙光中闪烁着冷感的光，他提起一个球状的布包扔到我脚边，说：“这是岳南峰的人头，他已经在黄泉路上等你了，蝴蝶。”

我重重一愣，侧头望过去，却又不肯相信，颤抖着双手想要打开那布包，心底里却涌出一阵恐慌。记忆深处的琼花少年，和这个用酒水弄脏我鞋面的小公子渐渐融合在一起，我想起他曾在灯下双目灼灼地望着我，我告诉他我杀过五十八个人，手上沾满了血腥，可是他竟然肯原谅我……那个夜晚，我一侧头就对上他因为太过接近而无限放大了的眼眸，他说：“第一次拉你手的时候，我就想，如果可以一直不放开，该有多好……不管你过去发生过什么，不管你喜欢我是出于什么原因，我都愿意跟你在一起。”

印象中他总是很狼狈的样子，他曾上气不接下气地跟我说话，身后是一树一树凋零的花枝，他说：“小蝶姑娘，你很厉害啊，跟我跑了二里地，竟然一点儿气都不喘啊。”

我颤颤地打开布包，岳南峰的人头滚出来，唇边还沾着血，眼睛圆睁着，却没有太多怨恨的神情，看起来无辜而安详。我的眼泪无声地滴落下来，冰凉冰凉的，我抬头望向夜阑，几乎是哭号着问：“你为什么要这样对我？”

夜阑蹲下身子，伸手抚摸我的下巴，声音里带着一丝莫可名状的温柔，他说：“小蝶，你不会明白，我有多么不想失去你。”

我忽然站起身，抽出手中长剑刺向他的脸颊，夜阑身手很快，一边闪身避过，一边挥刀格开我的长剑，我拔出头顶金簪，飞快刺向他的手腕，他早知我这个动作，轻车熟路地闪避开去，哪知我的金簪半空里换了方向，直奔他的左眼。夜阑大惊，下意识地往后仰头，银色面具“啪”的一声砸在地上，掉落在岳南峰头颅的旁边。

夜阑飞快地转过身去，背对着我，一时只是无言。我的泪汩汩流出来，胸口疼得要命，好像流出的不是泪水，而是心脏里涌出的血。

“果然是你。”我望着他的背影，哀哀地说，“其实在你吻我的时候，我就有这样的感觉。神算帮我起了卦之后，这个想法愈加清晰，却不敢去想……故人重逢。我的故人，世界上唯一的故人，一个我在心里盼望了十年的人，原来一直在我身边。”

他的背影颤了颤，只是依然冷漠，我瘫倒在地上，说：“莫南……你为什么会变成这样？”

那个少年，曾站在琼花树下折下无数花枝给我，只为博我一笑。原来，他一直未曾离开我的生命。只是相认的时候，已经人事全非。

我身后是一处断崖，风口处山风猎猎，他缓缓转过头来，那张脸与十年前并无太多变化，只是左脸颊上多了一个刀疤，给他的面容平添了几分陌生与凶狠。眼神也变了，不再如当年般清澈见底，仿佛两粒深色琉璃，看不到底。

冷露无声夜欲阑。这句词，像极了他的眼睛。

七　明朝匹马相思处，如隔千山与万山

“小蝶，这么多年来，我一直在你身边。”他终于不再伪装着跟我说话，可是脸上依旧面无表情，他说：“最开始的时候，我加入印香楼的代价就是让他们救你。我选择亲自做你的上司，就是希望能随时随地看见你，知道你的近况。”

我瘫坐在地上，左手边是岳南峰的头颅，右手边是司徒莫南的假面。

“原本我所做的一切都是为了你，可是后来，我心里渐渐起了变化，我得知当年杀我全家的人是无音堂堂主，我便处心积虑地开始报仇。”他的眼神依旧平淡无波，有一丝阴冷的暴戾飞溢出来，“可是现在，他死了又怎么样呢？幕后的主使人还活着，我怎能让罪魁祸首逍遥法外？我要立功，我要坐上无音堂堂主的位置，我要越来越强，唯有走进了印香楼的权力核心，我才能改变这个黑暗腐朽的香之国，为我司徒府上下一百三十二条人命报仇。”

我想起了那时眼神晶亮的少年，他把手里的琼花抛上天空，好似一场芬芳的雪，他说以后，一定要做个好官。彼时他还相信朝廷，相信这个国家的体制，想像他父亲一样，走经世致用的道路，做栋梁之材。然后不久之后那最惨烈的变故让我们开始明白，香之国，是一个只适合黑暗生存的国度。

我望一眼岳南峰依旧栩栩如生的头颅，笑着问他：“如果你不喜欢我的话，是不会杀他的，是不是？”莫南面对着我，熟悉而陌生的脸庞，近在眼前，却仿佛隔着千重与万重。我说：“可是你又知不知道，我喜欢他，想跟他远走高飞，都是因为他很像你的缘故……我想找回失去的东西，找回失去的你，找回我们失去的最好的时光，你明白吗？”

莫南身子微微一震，或许我现在更习惯叫他夜阑。我说：“夜阑，你既然决定牺牲我，往更高的地方爬，就说明我在你心里，其实并没有多重要。”话音未落，我忽然将手中长剑挥了出去，夜阑本能地往后退了一步，我已经闪身跳下悬崖，耳边风声作响，吹乱了我的长发，心中忽然有种解脱的感觉。

可是预想中的下坠却并没有来临。

夜阑动作如风，竟然握住了我的剑刃，白刃锋利，他手掌的血汩汩地流下来，一如我方才的眼泪，他垂头看我，叫我一声："蝴蝶……"

我笑着看他，眼中流泪，我的说话声很小，不知道他听不听得到，我说："那个少年，停留在琼花树下灿烂无邪的记忆里，他是我生命中仅存的美好……我原本希望，他在世界的某个角落里平安无恙，永不知我身上所发生的一切。可是现在，我希望他……心想事成。"

我松开握着剑柄的手，这样，剑刃就不会再让他疼了吧。

夜阑，如果唯有踩着我的白骨才能爬上印香楼的顶端，我成全你。

莫南，如果报仇是你一生中唯一的希望，我愿以自己的死来助你。

原来神算子所说的"只是"二字，后面隐藏的是这样的含义。故人重逢，却不能相守，可是我依然感激。

感激我终于又见到了你。

尾　声

冷露无声夜欲阑。栖鸦不定朔风寒。生憎画鼓楼头急，不放征人梦里还。　　秋淡淡，月弯弯。无人起向月中看。明朝匹马相思处，如隔千山与万山。

生命消失前，迅速下坠的风景中，脑海中想起的是那天那个场景。

当时我靠着墙壁，仰头望着天上黯淡的月色，我说我只是想像个人一样生活，我只是不想再过这种野兽般的日子了。

没有感情，没有光明……也没有希望。

如今，终于如愿以偿。

幻雪江南怨

年少的心，原来如此容易失去。禁不起任何春日里午夜独自一人的，花间寂寞，月下思量。

我以为我不会在乎的。

可是你和她一切的一切，还是在我心中，汇聚成盛大的悲凉。

泪如烈酒，灼人心肺。无声无息地落尽半生的沧桑。

我想，终我一生，都会记得那一年的飞花楼。黑衣的庞霏，白衣的段江南。

一

早春三月的天气，京城街头的百姓，人人都在议论丞相之子庞霏与御前侍卫段江南那场比武。由于二人旗鼓相当，所有庄家都不敢赌得太大。

庞霏一赔三，段江南是一赔二。这样看来，似乎段江南会略胜一筹。我坐在茶楼里，听着众人兴致勃勃地议论，不屑地扬了扬嘴角。

一个是奸相之子，一个是朝廷的走狗，武功又能了得到哪去。我把银两拍在桌上，挑眉问小二说，既然都这么关心比武的结果，为何不去亲眼瞧瞧？

小二收了银子，赔笑说：“姑娘您有所不知，这场比武可是在御前，皇上御赐给庞丞相的飞花楼，可不是人人都可去得的地方。”

“你买了谁赢?”我随口一问。

小二一愣,接着答道:“小的买了段侍卫赢。他是庄大人的手下,庄大人又是我们老百姓的青天父母官……所以小的希望他赢。”

“哦,那本姑娘就替你去看看结果。若是赢了,下次你请我喝茶。若是输了,这就当是你的补偿。”一提起庄大人,这小二一脸恭谨的表情。我又放下一两银子,起身朝门外走去。

飞花楼不是寻常人去的地方,我千秋雪偏偏就喜欢去不寻常的地方。可是想起酒楼里的百姓言语中对庄大人的爱戴,眉头不禁微蹙起来。

庄大人不畏权贵,是京城里的青天父母官,早已在全国传成佳话。如今进了京城,也真正明白此言非虚。

我掂了掂手中的绛色长剑,快步朝飞花楼走去。

后来想起彼时年少轻狂的我,竟以为凭借手中的剑,便有了傲视一切的理由。却不知道,原来这世上真的有人,白衣胜雪,气度清贵,风华绝代,让人无端便在他面前自惭形秽。

初春微凉的天气,桃花绽开的飞花楼。

如果可以选择,我宁愿没有遇见他。在那日,落寞地收起幻雪剑,径自转过身去。

二

那是不久之后的凉秋,金碧辉煌的丞相府,庞霏将我逼至墙角。凉薄指尖挑起我的下巴，狭长的眼中有昭然的痛楚。

“千秋雪，你为何要一而再、再而三地忤逆我？我的耐心总有一天会用尽。我庞霏得不到的，便会毁了它。段江南，也一样无法得到。那日在飞花楼你同时遇见我们两个，为什么，却只对他一个人笑？”

我别过头，无法回答。他的唇便压下来，暴虐而冰冷。

飞花楼前守卫森严。在场的朝廷重臣，皇室亲贵，一时间都屏住呼吸，所有人的目光，都落在站在空场正中的两个人身上。

黑衣的眉眼细长，墨色瞳仁中弥漫着淡淡的杀气。白衣的纯净似莲，笑如云染，于纷飞花瓣中长身玉立，远远望去，仿佛九天谪仙，误入凡尘。

皇上说，只是想知道庞丞相的公子和京城最具盛名的御前一品侍卫究竟谁的武功更胜一筹，仅仅是切磋武艺，不可伤及性命。

可是习武之人最重高下，只有天下第一，没有平分秋色。此二人的胜负，不仅关系到他们所属门派的优劣，更关系到丞相府和六扇门的面子。

满场静默，剑拔弩张。风声穿过树影，一时间宁寂一片。

那个白衣少年，却在所有人的肃穆之中回过头来，对躲藏在城楼顶瓦片上的我，清浅一笑。

那种笑容，是运筹帷幄，决胜千里，泰山崩于眼前而不变色的一种气度，雍容而淡雅，让人一刹那如坠云端。

在遇见他之前，我不知道一瞬间的对望，可以摧毁十几年来筑起的冰冷心墙。

四目相对的瞬间，我重重一怔。仿佛有什么自心底盛开，纠缠繁绕，刹那间将心勒紧，并在日后每一日里，春生夏长，绵绵不息。

分明记得方才，我闯入皇家围场，正想寻找哪个是飞花楼，却无意间听见白衣的他与一个慈眉善目长者的谈话。

“一会儿的比武点到即止，我们六扇门，不在乎那些虚名。”老者的眉宇间，清晰可见一种饱满的睿智与善良。

“江南唯恐让庄大人失望。可是，在下欠了庞霏一个人情，想借这个机会还给他，不知庄大人是否赞同江南的做法？”段江南对那个老者，是混合崇拜与敬仰的一种谦恭，可是低眉敛目间依然掩盖不了他剑眉星目中的姿容与风华，一袭悠然白衣，在早春凉薄的风里猎猎如旗。

“我说了，六扇门不在乎那些虚名。照你自己的意思做就好。”老者慈祥地笑，拍拍他的肩膀，捋着胡须走开。

我被白衣少年吸引住全部心神，脚下的瓦片忽然一滑，却来不及应对，整个人已经跌下楼去。他几乎是下意识地跃起身接住我，并为了散去惯力而在地上旋转数圈，我被他抱在怀里，于天旋地转之中无比接近地看清他好看的眉眼。

忽然间，呼吸阻塞。脸上泛起淡淡的潮红，手上的幻雪剑应声落地，发出清脆的声响。

他将我轻放在地上，看看地上的剑，探究并警觉地打量我。

我拾起幻雪剑，莫名有些局促，说：“我知道飞花楼是禁地。可是绝顶高手过招，哪个武林中人不想亲眼目睹？我只是好奇。”

“好吧。你用一样东西来交换，我便不赶你走。”他又笑，依旧净如云染，且夹杂着一丝戏谑与优雅。

“什么？”我睁大眼睛，疑惑地问。实在想不出，我有什么，能让他如此有兴趣。

“你的名字。”他幽幽地说。

我倏地一愣。分明不相信自己的耳朵，仿佛没听清般，睁大眼睛疑惑地望向他。

“告诉我你的名字。我很想知道。”

我的脸颊，我的心，霎时灼热一片。

比武开始，两人动作双双快如闪电，远远看去，只有一黑一白两个人影缠斗在一起，混合着各自兵刃的两道银光。我的目光却只落在他一个人身上，甜涩并且贪婪。其实这场比武的结果，一早我便已经知晓。段江南存心相让，只是高手过招，让了又叫人毫不察觉，也并不是那么容易的。二人战得正酣，人群中却忽然飞出一支黑色匕首，直直朝皇上所在的方向飞去。

一时间，周遭的所有侍卫都朝皇上奔去，离得较近的庞霏挡在皇上面前，一剑格开了那把匕首。与此同时，人群中忽又飞出两把匕首，这一次，却是一把指向皇上，一把指向庄大人，当零星御前侍卫都在皇上身边保护他的时候，几乎所有六扇门的人都奔向了庄大人，段江南身若飞鸿，飘然跃至庄大人身前，挥剑挡住了那支匕首。

飞花楼前一片骚乱，侍卫们慌乱地顺着匕首射来的方向去寻找，皇亲贵胄们也纷纷退场。皇上冷冷地丢下一句："好个段护卫，好个六扇门。看来在你们眼里，庄卿家的命比朕的还要重要。"

段江南躬身行礼，眉眼间依旧一片恬淡，却也蹙着一抹隐隐的阴霾。

想必他也明白，这场比武看似没有结果，实际上却是他输了。输的不仅是大好前途，也输了皇上对庄大人的信任。自古以来的庸碌帝王，最忌讳的，便是功高盖主。

我顺着匕首射来的方向望过去，阳光耀眼，我凝住眉，握紧了手中的幻雪剑。

我认得这种刀柄上系着红丝线的匕首。

夏虹雨来了。

我来者不善的大师姐。

三

天下人，只道幻血盟是令所有达官贵人闻风丧胆的杀手组织，却不知它幕后真正的金主是谁。千秋雪在幻血盟，武功不是最好的，性格不是最冷血的，智谋，亦不是最周详的。可是主上却最关照我。

刺杀庄大人固然难，可是赏金也最多，如果任务得以完成，我在幻血盟的地位也会愈加巩固。主上为了以策万全，甚至派了最冷血狠毒的大师姐夏虹雨来帮我。可是我却不领情。

他千算万算，也算不到，我会遇见段江南。

那天晚上，我独自立于段江南的窗下，花架拓下月色清霜一般的光，漫天星子，微风徐徐。这是我印象中，最美的一个春夜。

段江南仿佛知道我在，推开红木镂花窗，撑着下巴看我。

我朝他走去，寂静午夜，甚至可以听见自己惴惴的心跳声。我甚至不知自己为何会来，到底是因为庄大人是百姓青天，不忍杀他，还是因为，我只是想得到一个靠近段江南的理由。

“有人要杀庄大人，她擅用飞刀。刀尖都是抹了毒的，见血封喉。你要小心。”我走到他面前，看着他的眼睛说。却忽然有些羞怯了，转身倚在一棵桂树下，不肯再往前。

他的眸子温润似水，仿佛一池静水，无声地收揽了漫天璀璨的星光。他说：“千秋雪，你是什么人，为什么要来告诉我这些?”

我一时不知如何回答，心念电转，忽然想到，他是六扇门的人，对幻血盟，应该是很不屑的吧。念及于此，我转身便走，手中长剑却重重撞到桂树，浅淡月光下，花瓣如雪纷纷而落，香气氤氲。

段江南的眼神忽然一怔。我回头，隔着满树繁花去看他的眼睛，那眸中忽然弥漫起浓浓的雾气，镜花水月般，深情却不清晰。

在遇见他之前，我不知道一瞬间的对望，可以摧毁十几年来筑起的冰冷心墙。

雪儿。他的声音犹如梦呓。这两个字，分明蕴满了刻骨的相思，他忽然扼住我的手腕，像是抓紧了一个易逝的幻象。

我诧异地看着他，下意识地挣了挣。

他这才如梦初醒，松开我，说：“对不起。”眼眸深处，有昭然的痛楚和寂寞。

这时，院前忽然传来“有刺客”的扰攘声。段江南轻功绝顶，一听庄大人有危险，已经飞身跃上房檐。我愣住片刻，紧随其后。

明亮月光下，依稀可见无数条红线系着数把一尺来长的飞刀，穿梭在众侍卫的血肉里。夏虹雨扣动十指，就像在操纵一群嗜杀的人偶。红线仿佛织成一片血网，笼罩在六扇门上空。幻血盟的人，都用一种独特的香料，所以当我站在她身后的时候，她已然发现了我。

“千秋雪，主上派我来帮你，我一个人动手，你去会情郎，功劳却要分你一半。还不快过来帮忙？”夏虹雨瞥我一眼，不屑地挑眉。

我一眼瞪回去，说：“谁用你帮？少在那里信口开河。信不信我帮他们对付你？”

夏虹雨冷哼一声：“好个小贱人，有胆子就放马过来，主上有命，任何人见了千秋雪，生要见人死要见尸。我今天就带你和庄老头的人头回去。”

我气极，抽出幻雪剑正要杀上去，段江南已经挥剑挑断了她手中的红线，长剑如银蛇舞动，发出呼喝的风声。夏虹雨见他身手，已知不敌，回身一把飞刀射向我，我下意识挥剑去格，却吸入刀尖上散出的白色粉末。

意识渐渐模糊，依稀只听她丢下一句，“我们是幻血盟的人，识相的话，别追上来。”

我不知道段江南听到“幻血盟”三个字会露出怎样的表情，我只知道自己被夏虹雨像货物一样扛在肩膀，而他，果真没有追上来。

半个月之后，当我穿着丫鬟的素淡布衣在丞相府端茶送水的时候，思绪还是会飘到那个星光如雨的夜晚，他神色飘忽地叫我一声雪儿，以及自顾自地揣测着，他知道我是幻血盟的人以后的心情。

正在愣神之间，管家没好气地吆喝我端一盘新冲的雨前龙井去公子房里。我低眉顺眼地接过来，心想着庞霏还真是会享受，衣食住行，样样都要最好的，可真是不亏了丞相公子的身份。

端着托盘走向门口，却听见房里有两个人的声音，压得极低极低的，似是在说什么极其隐秘的事情。

我刚好走到门边。梨花镂金木门吱呀一声打开，一袭黑色锦衣遮目，身上有高贵幽淡的檀香味。

他见了我，似是微微一怔，淡然问道：“你听到什么了？”

我想这种情形当婢女的想必是不该抬头。这声音虽然听起来平淡无波，我眼角却瞥见他的手腕处脉搏起伏，分明在暗自运功，饱含杀气。

他身后走出一双镶红宝石的砖状锦鞋，正是庞丞相。想必方才这父子俩，正在说什么见不得光的事情。我虽说真的没听到，他却未必会相信。

于是我急忙伏下身，单膝跪在地上，说：“奴婢生是丞相府的人，死是丞相府的鬼。无论公子有何差遣，奴婢都自当尽心竭力，襄助公子成就大业。”

庞霏一愣。半晌，伸出食指托起我的下巴。我不得不抬起头，正对上他的狭长美目，琥珀色的眸子中似有美玉流转。

其实与段江南比起来，庞霏英俊得更阴柔些。他的目光停留在我身上很久很久，忽然笑了，说:“好个机灵的丫头。原本你是必死无疑的。”

我也笑，似是有些后怕。我亦知道，方才无论我回答听到或者没听到，他的掌都会毫无预警地劈过来。

当我讨好地递过去一杯雨前龙井的时候，庞霏忽然顺势抓住我的手。他的手掌大而温暖，另一只手已经揽上我的腰，我和他之间只隔着一层衣衫的距离。

我不知道他要做什么，他身上陌生男子的气息让我心慌，我急忙说:“方才我真的什么都没听到。只是怕你杀我，才那么说的。”

他的唇压过来，口中呼出的热气弥漫在我耳边，他说:“我要你做我的女人。”说着便吻向我的唇，我侧头躲开，几乎是下意识地狠命推开他，并飞快地扇了他一耳光。

他笑了，邪魅而凉薄，用瘦长手指轻抚脸颊，说:“我给你三天时间。忘记你心里的一切，心甘情愿地留在我身边。记住，只有三天。”

他转过身去，不知为何，我却于刹那之间在他眼中看到一丝受伤的神情。

四

或许，这里不是我该来的地方。

还记得那日夏虹雨将我带回幻血盟。主上坐在寒玉石座上，昏暗的光线中，我看不清他的表情。可是我知道，他不会杀我。

他的声音很严厉，他说："你为什么不杀庄大人？我派人协助你，你居然倒戈相向。"

夏虹雨见主上发火，讪讪退出去之后，我忽然哭了。

幻血盟烛火迷蒙的大殿里。

我说："爹爹，我不想再这样下去，不想再过这样的生活。"

爹为我取名叫千秋雪，是希望我有一天可以执掌他的事业，让幻血盟千秋万代。他在人前，不愿暴露我们的关系，是因为怕幻血盟首领千翰玉的女儿会成为众矢之的。这几年，他千方百计地栽培我，甚至将幻血盟的宝物幻雪剑传给我。可是我，依然表现得没有半点天分。

爹爹的声音里忽然有些沧桑："爹知道你对段江南动了心思。可是六扇门与幻血盟誓不两立，这江湖，也不是说退就能退的。"

"你可知道幻血盟背后的金主是谁？这么多年来，杀了那么多权贵亲王，朝廷却一直没有全力以赴铲除幻血盟。你可知道是为什么？"

我一愣。我果然是个不合格的继承人。这些问题，以前竟然统统没有想过。

"庞丞相。"爹冷冷地吐出这三个字。

"他准备了这么多年，现在要有行动了。如果成功了，我们幻血盟知道他太多的秘密，第一个就要被斩草除根。如果不成功，也难保他不把一切罪过推到我们头上。"

"爹，我该怎么办？"我的表情也凝重起来，同时也知道爹不会无缘无故忽然跟我说这些。

“你去丞相府，有什么消息速速回报我。现在，我谁也信不过。”

那一日，我在爹的眼中，看到了太多站在权力巅峰所受的禁锢。那种感觉，应该就像行在针尖上，外人看来却觉得辉煌万分，见不到背后高处不胜寒的悲凉。

所以我顺从地潜进庞府。只是没想到，庞霏会对我说出那样一番话。千秋雪不过中人之姿，远非倾国倾城。他到底看中我什么，我真的不明白。

于是在重重迷惑和忐忑之下，我又来到段江南的窗前。

房间里，却不只他一个人。

四个时辰。我足足在段江南窗前站了四个时辰。

直到晨曦一点一点完全笼罩了天空，直到清晨凉薄的空气里的露珠一滴一滴砸在我脸上，我才恍然发觉，自己站在这里，太久太久了。

他房里的女子我认得。她是当今皇上的宠妃，庞雪。美貌名动天下，她是庞丞相的女儿，她跟庞霏有着相似的眉眼。

她哭着在他面前诉说过去的恩情，他是她最爱的师兄，她听从家里的安排入宫，可是心心念念的，只有他。

段江南用那样的眼神看她，双眸里凝着那么昭然的痛楚。只这一个眼神，我便可知道，他对她，那番深情，绝不比她对他少。可是他还是推开她，拒人千里地浅笑着，他说：“娘娘，这更深露重，臣唯恐你凤体违和，还是快些起驾回宫吧。”

她却不肯走，死命抱住他。

只听他冷冷地说："雪儿，你我都回不去了。你说的事我会帮你。可是那不是为了你，而是为了大明朝纲。"

月光清冷如霜，我看见她的侧影，眉眼间依稀有自己的影子。

原来如此。

同样桂花如雪中的背影，眉宇间的一点相似，便让他那日，那样深情地唤我一声，雪儿。

段江南对我所有的温柔，也不过是因为另一个女子。于是他对她浅笑的眉眼，在我眼里，全部酿成苦涩的残忍。十五的月圆如盘，我立在那扇曾经带给我无边快乐的窗下，泪如雨下。

五

那日之后，我没有再见段江南。

爹说过，六扇门与幻血盟不共戴天，我不见他是应该的。我与他不过几面之缘，我向来记得快，忘得也快……我心里有一百个不去想他的理由，偏偏自动忽略了最重要的那一个。我总是这样欺骗着自己，欺骗自己没有见过庞雪，没有见过段江南对她，那般深情的眼眸。

眼前的，也总要应对。

庞霏说他会给我三天的时间。我只用了一天，去对段江南死心。而剩下两天，是他来迷惑我，费尽周章地想让我相信，他是真的喜欢我。

他用芳香如雪的茉莉花铺满了整个房间，他自后抱我，说："千秋雪，这是我第一次为一个女人费心思。"

我一怔，本能地回过头，他的唇便覆上来："只要你答应做我的女人，我便告诉你那日你在门口没有听到的秘密。"我仰头看他，那双琥珀色的狭长美目中，竟隐约透着一丝宠溺。

我说："我不明白，到底我有什么，值得你这样多看我一眼？"

他也不回答，只是抱得我更紧。

那一刻，我想到爹，想到幻血盟。最后，想到段江南。

我有我要维护的，也有已经失去的。我把心一横，便没有挣扎。

当今的皇上是假的。真的皇上已经被庞家软禁在丞相府。

或许真的对皇上动了情，或许承担不起这样诛灭九族的大罪，贵妃庞雪并不赞同父兄的做法。那日她去找段江南，想必就是去求他这件事。

得知这些的时候，我目瞪口呆，这一刻才真正明白，什么样的能力叫翻云覆雨。他们庞家居然能在众目睽睽之下将真皇帝软禁，并派个傀儡去早朝却不露出破绽，这样的根基和势力，倘若换一种手段，这江山恐怕也会是他们的。他甚至带我去看皇帝被软禁的密室，他说输了的人就会这样。他现在是走在刀尖上，若输了，会比他更惨。然后他双目灼灼地盯着我，说："如果我输了，你还会在我身边么？"

"我不知道。"我老实回答。于是他转过身去，不让我看见那一刹那受伤的表情。

还好，他们的计划，并没关联到幻血盟。我将这些消息一字不漏地回报给爹。与此同时，我也任庞霏牵着我的手，穿过府中的每一片园林。他总是喜欢这样牵着我，穿花拂柳地在园子里散步，偶尔也会看见十五的月光，我便想起那晚，我独自立于段江南的窗前，从日暮站到晨曦。

那是不久之后的凉秋，金碧辉煌的丞相府，庞霏将我逼至墙角。凉薄指尖挑起我的下巴，狭长的眼中有昭然的痛楚。

“千秋雪，你为何要一而再、再而三地忤逆我？我的耐心总有一天会用尽。我庞霏得不到的，便会毁了它。段江南，也一样无法得到。”

“那日在飞花楼你同时遇见我们两个，为什么，却只对他一个人笑？”

我别过头，无法回答。他的唇便压下来，暴虐而冰冷。事已至此，我已经不再因此而反抗。等到他的吻逐渐温和下来，我诧异地问：“你怎么会知道这些？”

他笑容中便又充满了宠溺。“其实我早就见过你。那日在飞花楼，你一袭烟绿锦衣，伏在楼顶的琉璃瓦上，眼睛滴溜溜的，像只调皮的小兽。”

我的心陡然疼痛起来。

那一晚，丞相府忽然大乱。到处都是六扇门和幻血盟的人，扰攘的喊杀声中，火把映得夜空亮如白昼，皇帝御驾亲临，在隐蔽的密室中找到假皇帝的尸首，以一种居高临下的姿态，来宣布整个庞府的覆灭。

真正的皇上本是被囚禁在密室里的，后来被爹爹和段江南设法救出，并且偷龙转凤将假的放了进去，一边放松庞氏父子的警惕，一边在朝中不动声色地扫平他们的党羽。待到万事俱备，这才来揭破谜底。

我不可置信地望着爹。我以为他要保全的，一直只是幻血盟而已。他曾经对我说六扇门和幻血盟不共戴天，可是原来，他们可以配合得那样天衣无缝。

一片混乱中，爹的目光与我相对，笑着说："雪儿，快过来叩谢皇恩。这一次的事，你功不可没。皇上说要封你为还珠郡主。"

我飞快地回过头，去看跪在地上的庞霏。

此时，他竟没有抬头看我。

倒是庞丞相狠狠瞪我一眼，说："霏儿，我早说这个女人信不得，你却偏要掏心掏肺出来给她看。千翰玉，你以为这次立了功，幻血盟从此就可以在朝廷里名正言顺了么？"

后面他还说了很多，可是我再也听不清楚。恍惚中，一切的声音离我远去。我直直地看着庞霏，我只希望他再看我一眼，他会从我的眼睛里看到，事情不是那样的，我只是为了保全幻血盟，我从来未曾想要将他置于死地。我从未想过爹会这样做，就像我从未想过六扇门会和幻血盟同仇敌忾。

可是庞霏的眼，一直不曾再望向我。

直到一把把系着红线的飞刀如雨散落，夏虹雨趁乱劫走了庞氏父子，我才恍过神来。幻血盟的杀手中曾经流传，夏虹雨在那次刺杀庄大人不成之后便退出组织，听说，是为了个男人。原来，是为他。

六

这一年，转眼就到了寒冬，纷然大雪仿佛掩埋了世上所有的阴霾。

段江南说："千秋雪，我知道那日，你在我这里，看到了庞妃。是，桂花如雪的夜，我的确曾经看着你的背影，想起了她。可是那只是一瞬，人对注定得不到的东西，总会有一种空蒙的幻想。那日我在飞花楼接住你，问你名字，统统是出自真心。那一日，她来求我救皇上，我这才发现，我跟她的过往，早就已经烟消云散了。我与幻血盟联手，不单是为她，也是为了你。现在幻血盟与六扇门已经再无仇怨，千秋雪，我在乎的人是你。"

可是此时，他温柔的眉眼，翩然似雪的白衣，在我面前，却再不能构成快乐的理由。我开始明白，庞霏口中的害怕是怎样一种心境。害怕自己所信仰的东西轰然崩塌，害怕自己所有的期待一瞬间落空，害怕自己心爱的人松开自己的手，心中描绘了无数次的未来，刹那间，无影无踪。

庞霏你不会明白的。连我自己都不明白，你走了之后，我为何会那样思念你。我想见你。即使是在你与别的女子的喜礼上，也无所谓。

真的。我只是想再见你一面。

一面就好。

幻血盟的声势日渐庞大。我离开京城，四处游荡。临行前又想起庞丞相说的话。

“你忌惮我兔死狗烹，难道，他就不会么？”

尾　声

远离京城的江南小镇。

一阵微雨刚过，杏花湿红满地，眼前如水墨画般清新淡雅。

我忽然想起，庞霏曾经多么喜欢这样杏花如雨的天气。猝不及防地，我手中的幻雪剑，忽然被街边的顽童抢走，我踢起一枚石子，正要击向他，眼前却晃过一把红线系着的飞刀……鼻息涌入熟悉的迷香，我失去知觉。

漆黑的地下室，夏虹雨手中的刀尖在我颈上泛着凉意，刀尖一层黑色，涂满见血封喉的毒。她看我的目光夹杂着嫉妒和怨毒，她说：“千秋雪，多亏你的幻雪剑，不然我也不会先一步找到你。我绝不会给你机会见庞霏。”

这时，房门却忽然被打开，我在她的身影后，看见那曾经无比熟悉的一袭黑衣。

他狭长极美的凤目，琥珀色的美玉流转的瞳仁。见到他的那一刻，我忽然很想哭出声来。

他眼中似有犹疑，刚要走近，却被夏虹雨狠狠打断：“你忘了这女人是如何欺骗你,欺骗庞家的么?你忘了公公是怎么死的了么?”

她指了指角落里的孩童,他怀里还抱着我的幻雪剑。“我们的孩子都这么大了,难道你还记挂着她?”

庞丞相死了。他是他们的孩子。我闭上眼,不忍再去看庞霏的眼睛。泪珠断线,串串凄凉。

我也以为,我不会在乎的。或者说,没有资格在乎。

可是你和她一切的一切,还是在我心中,汇聚成盛大的悲凉。

泪如烈酒,灼人心肺。无声无息地落尽半生的沧桑。

我还记得,那日,梨花镂金木门吱呀一声打开,一袭黑色锦衣遮目,身上有高贵幽淡的檀香味。

我还记得,那铺天盖地的茉莉花,记得你曾经牵着我的手,说再也不要跟我分开。

夏虹雨手中的锋利刀尖,也在同一时刻,刺入我的皮肤。

我终于,又见到你了么……

可是直到我死,你也不知道,我是爱你的吧。

可是我连,第一次说爱你的机会,都失去。

无色蔷薇

久远记忆中，我一直在用惴惴而窃喜的眼神凝望着你，一眼万年。

等待着与你重逢，却又期盼永不相见。

因为我曾经炽如烈火、艳如蔷薇的心，已在你对她的爱面前，退色、凋零。

终究，落入凡尘。

一

听闻，江南第一剑客白云飞正在寻找一个人。

是一个契丹男子，颈上挂着一只精致的香囊。

他的未婚妻苏凝羽，是湖广总督苏镇海之女。冷漠剑客与名门闺秀，早早就是江湖上的一段佳话。

每日清晨我都会看他在海棠树下舞剑。只见银光闪动，剑气如虹，飞花若雪。白衣胜雪的白云飞，脸上永远挂着恬淡的笑。

我默默地跟着他，由南到北。

幸福与痛楚，渐渐分不清楚。

二

见到白云飞的时候，他正握着苏凝羽的手。凝羽软软地靠在他怀里，好像一朵即将凋谢的桃花。

千门客栈的门口，细雨如雾，夜风如诉。仲春的夜，聚集了夏天到来之前所有的寒凉。

我走过去，看着白云飞英俊而苍白的脸，指着他怀里的女子说："她中毒了。再不救，必定撑不过今晚。"

白云飞的眼睛里蕴满了疼，眸子里闪烁着绝处逢生的光焰。他说："姑娘，你既然看出她中了毒，必定是个用毒高手。我愿意为你做任何事，只要你能救她。"他躬身行礼，谦卑而惶恐。

我笑，嘴角扬起好看的弧度。我说："救她可以，只要你帮我杀一个人。"

他说好。没有丝毫的迟疑，也没有问我要他杀谁。

我怔怔地看着他，良久，笑着叹气，眼眶却莫名地酸楚。他爱一个人，竟然可以爱到赴汤蹈火，毫无怨言。

我用银针刺入凝羽的穴道，将一粒暗红色的药丸塞入她口中。

半个时辰后，黑血汩汩地从针孔中流出。凝羽的面色渐渐恢复红润，纤长的睫毛微微上卷，典型江南佳人的脸孔。她淡淡望向我，点头致谢。

我转身离开，不想眼看身后的一对璧人，彼此依偎，细语呢喃。

我冷冷地说："白云飞，你答应过我什么，不要忘记了。"

三

中原，是一片藏不住秘密的江湖。

近年来，太多的宋朝高官神秘死亡，渐渐地，人人自危。

街头巷尾都在流传，辽国有个厉害的杀手组织叫作“魇”，网罗了无数绝世剑客和用毒高手，旨在扰乱大宋朝纲，以助辽人夺取江山。

我的身份不久就会暴露，白云飞也势必与我反目。

倒不如借着他的手，除掉大辽最大的祸患。

身在乱世，像我这样的人，早已经没有资格谈爱。

四

我走回房间，一个白发老翁背对我站着，周身散发着肃杀与冷峻的气息。

我低声唤他：“元爷爷。”

他头也不回地说：“蔷薇，主上要你杀的人，为什么还活着？”

我慌忙认错，说：“苏镇海武功太高，蔷薇实在不是他对手。您再容我几天，我一定……”

元爷爷转过头来，打断我说：“好了，我不怪你。来中原这么久，你还习惯么？”他的声音软下来，透着一种与表情不符的温暖。

我一怔，微微点头。

元爷爷露出满意笑容。他纵身跃出窗外，消失在茫茫夜色中。

第二天清晨，我听千门客栈的店小二街头巷尾地传诵，总督苏镇海死了，死因不明。只知他面色红润，嘴角含笑，似是死前看到极其快乐的事情。

我心中一凛，知道他是死于迷情香。

迷情香是西域奇毒，可让中毒的人全身麻痹，不断看到生前最眷恋的幻影，最终窒息而死。明明是很残忍的一种毒，却可让人含笑离开人世，这也未尝不是一种恩慈。

想必上头催得紧，元爷爷便亲自出手替我解决了苏镇海。时常在想，这个严肃冰冷的老人为何会对我这样好。救我、疼我、养大我，将我训练成“魇”的第一杀手。

叶蔷薇是我的汉名。我是契丹人，叫耶律薇。

十年前，八岁的我被宋民砍伤，蜷缩在角落里不肯求饶，血流了一地，像大片盛开的蔷薇。

一个白发老人击退了那些宋民，将我救起，从此带回辽国抚养。

辽国与大宋连年混战，契丹人与汉人水火不容。我不知道那些宋民为什么要打我。我没有做任何对不起他们的事情。

后来我才明白，他们打我的原因很充分，并且无可逆转。我是契丹人，身上流着宋人憎恨的血液，他们打不过凶狠的辽兵，只好将所有愤怒宣泄在我身上。那个白发老人便是元爷爷，他经过我身边，指着我颈上的香囊，问：“你是不是叫耶律薇？”

我点头。他于是将我带走，让我与生命最初的眷恋，一别十年。

令人惊奇的是，我与他相处的十年里，元爷爷的外貌竟然一点都没有改变。身体硬朗，没有普通老人的虚弱伛偻，目光中的锐气也丝毫不减当年。

小时候，我曾经牵着他的衣角问：“爷爷，你为什么救我？”

他沉默半晌，淡淡地说：“因为你是耶律薇。”他伸手握住我颈上的香囊，眼神柔软而温和。

从小到大，我对他总是七分敬爱，三分恐惧。在我们言谈甚欢的时候，他会忽然板起脸来，冷得像雪山上千年不化的寒冰。而当我受了委屈独自流泪的时候，他又会来哄我，眼睛里有暖春盛夏的温柔。

我一天一天长大，由干枯瘦弱的孩子长成亭亭玉立的少女。尽管不谙世事，却看得出元爷爷看我的眼神并非澄澈。

很久很久之后，我遇见白云飞。才发现他看凝羽的眼神里，分明带着元爷爷看我时的迷惘与沉沦。

这，究竟是怎样的一种爱呢？

我不懂。

也不想去懂。

五

清晨，千门客栈的前堂沉寂清冷，偌大的房间里只有我与白云飞。

他冷冷地坐过来，单刀直入地问我：“你擅用毒。苏都督的死，是不是与你有关？”

我懒懒地抬头看他，说：“是也好，不是也罢，与你何干？”

他面无表情地看我，说：“他是凝羽的父亲，当然与我有关。”

凝羽。又是凝羽。

我索性走到他面前，无比接近地看他，鼻尖几乎触到他的下巴。我抬头，睫毛翩跹在他唇边，我轻轻地说："白云飞你不要忘记，你答应过会帮我杀一个人。欠我的情没还，凭什么来教训我。"

我毕竟是个年轻女子，想必也会像凝羽一样，体香幽幽，吐气如兰。

白云飞的脸红了，隐隐然又有些愤怒。片刻后，却忽然怔住。他一把抓起我颈上的香囊，满眼急切地问我："这个你是从哪里得来的？"

我深深地看着他的眼睛，没有说话。

他又说："可是一个契丹小兄弟送你的？"

我怔住，半晌才说："你，还记得小威？"

他忽然快乐起来，兴致勃勃地问："是的，是他了，他叫耶律威！他现在在哪里？你能不能带我去见他？"

我挑眉，说："他是你什么人，值得你这样关心。"

"他救过我的命，我一定要找到他。"他眼神急切。

我背过身，良久良久，淡淡地说："他，死了。"

六

暮春，风凉，夜未央。

我睡不着，从窗子探出头去，俯望院子里安静的睡莲。眼角瞥见白云飞与苏凝羽的身影紧紧依偎。明明早知他们情深意笃，可是我的心，还是泛滥了酸楚。

于是将早就准备好的银镖掷进白云飞房里，镖尖上有一张帖，上面写着抗辽将军的名字，杨慕钦。

倘若面对面与白云飞交谈，我定会不知所措，冷漠的表情也会有破绽，倒不如白纸黑字地完成交易。何况元爷爷就在附近，我的一举一动他都了然于心。身为“魇”的杀手，动情已是不被允许，更何况，他是汉人。

第二日的清晨，我收到白云飞的回帖。上面写着，“今夜午时，将军府”。

我开始后悔，不安，莫名地焦灼。其实以白云飞的武功，要杀杨将军是不可能得手的，从一开始，我的目的就不是让他去杀人。

我只是想用这个汉人刺客吸引住将军府亲随的注意，好让我有机会接近到杨将军身边下毒。

我总是这样，不断地怅惘，不断地选择，不断地后悔。昨夜看到他与凝羽在一起，一怒之下便发了那张帖。可是现在看到他真的要去送死，心又踌躇起来。

辗转良久，我打定主意，即使今晚失手，我也一定要保他周全。

北陲苦寒，宋辽两国长期对峙，将军府朴实无华，丝毫没有官宦世家的繁复奢华。今日是杨府大宴宾客，热闹非凡。我躲在暗处，静观其变。

满堂愉悦的喧嚣，忽然被刀剑碰撞的声音覆盖，一个白衣胜雪的蒙面剑客舞着漂亮的剑花杀进来，满座的高朋大惊失色，大厅里的客人四下逃走了大半。大批侍卫涌进来，白衣剑客剑气如虹，体力却渐渐不支。

其实白云飞的剑法很好，只是太过花哨，形姿俊美却很难伤人。我朝堂上撒了一把迷烟，拉着白云飞转身欲走。

我只求全身而退。至于杨将军的命，我已经不想要了。如果主上怪罪下来，我便可说因为寡不敌众未能得手，而并非蔷薇故意抗命。

眼看就要逃出将军府了，忽然有人在背后狠狠击中我的背，眼前一黑，我失去了知觉。

七

睁开眼睛，我发现自己被五花大绑地押在堂上。经历了生死，我醒来的第一个念头，竟是白云飞他是否安好。

我抬头，堂中上座，坐着目光如炬的杨慕钦，左边次座，竟是白云飞。

原来方才在背后攻击我的人就是他。

白云飞朝我走来，满眼歉疚，他说："对不起了叶蔷薇，其实我早知你是辽国派来的杀手。螳螂捕蝉，黄雀在后，这个局，要引的人一直是你。"

我笑了，说："原来你是杨将军的人。"

白云飞低垂了眼，说："侠之大者，为国为民。杨将军支撑着大宋江山，我不能让他有任何闪失。我欠你的情，我迟早会还。"

我摇头，说："不必了。其实你并不欠我什么。那日苏凝羽中毒，根本就是我的安排。"

你欠我的情，此生注定无法偿还。

白云飞怔住，说："你为什么要告诉我这些？刚才你一心救我，那又是为了什么？"

我不再答话。转头望向杨慕钦，说："主上的事我决计不会泄露半分。你要杀便杀。"

杨慕钦看着我，定定地，眼睛里带着愕然，他指着我的香囊，说："耶律蔷，是你姐姐么？"

我嫣然一笑，说"没想到杨将军还是个念旧情的人。"

一个人影破窗而入，迷烟四起。将军府的侍从大片倒下。

来者身手矫捷，满头白发，竟是元爷爷。

他说："杨慕钦你竟然还记得小蔷。对，当年是你亲手杀死她的，你应该记得。"

杨慕钦凄然，顿时无语。

我有个姐姐叫耶律蔷。她在我很小的时候就死去了。我颈上的香囊是她送给我的。她死在她最爱的人手上。这些事情我原本都是不知道的，我甚至根本不记得自己曾有过那样一个姐姐。只是听元爷爷在酒醉的时候零零碎碎地说起。

可是当我看到杨慕钦的时候，我忽然什么都明白了。

我颈上的香囊里藏着姐姐一生的眷恋，十六岁那年我偷偷打开来看，里面是一张画。杨慕钦，分明是那画上的男子。

杨慕钦落下泪来，说："她是契丹人，我是汉人，可她偏偏爱上我。可我无法背叛我的血液，她亦如此。我们注定无法共存。可是这些年我一直在想念她。如果可以重新选择，我宁愿死的是我。"

元爷爷冷笑，说：“如果不亲手除掉小蔷，你也爬不到将军的位置。又何必在我面前装腔作势。”

小时候，我曾向元爷爷追问姐姐的事，他起先不肯说，后来耐不住我的纠缠，告诉我说，姐姐曾是“魇”的首领。然而女子始终逃不过爱情，她竟爱上了一个汉人。一步错，步步错。

杨慕钦勃然，一掌击碎了座边的木桌，说：“你以为我杀她，是为了荣华富贵么？”

元爷爷冷笑，说：“是或不是，你自己去跟她解释吧。”说着抢步上前，手里的迷情香撒出了大半。

就在这时，一柄剑自后穿透了他的胸膛，猝不及防。

掷在半空中的一把迷情香没了后劲，缓缓随风散去。

白云飞握着剑柄，神色怅然。身为一个剑客，要从背后算计才能取胜，他也不想。

元爷爷一点一点倒下，挣扎着跪在杨慕钦面前，颤抖着说：“请你，放过蔷薇。”

他转过头来看我，用尽最后的力气撕下脸上的人皮面具。

满头银发下，竟藏着一张年轻俊朗的脸。

他说：“对不起蔷薇，这些年，我骗了你。曾经，我爱你姐姐，胜过世间所有。可是你跟你姐姐一样，都是很容易令人爱上的女子。其实我早已不需要再改变容貌躲避仇家。我之所以一直没有卸去这个面具，是因为，我怕我会爱上你……而你，却不应该做任何人的替身……”

他气绝。

他那天的话在我耳边缭绕，久久不散。

他现在的年龄也只有二十八九。把我拣回来那年他也不过十几岁，他将我养大，疼我爱我。

而那到底是一种怎样的爱，恐怕连他自己也说不清楚。

这已经永远没有答案。

我号啕大哭。

我最亲的人，竟然死在我最爱的人手里。

八

杨慕钦说："你走吧，这是我欠你的。"

我独自走在回客栈的路上，手脚僵硬，步履凌乱。昨夜经历了太多变故，我已身心疲累。

此时已是清晨，林子的鸟儿欢快地鸣叫，黎明的阳光穿透雾气，折射出七色的光。

一路平静。

忽然，一束绿光在我眼前闪过，一片树叶直直钉到我身边的树干上，入木三分。足见掷叶的人内力深厚。武功练到极处，飞花摘叶均可伤人。我遇到了高手。

我取下那枚树叶，上面画着一朵曼陀罗，是"魇"的标志。底下有一行小字，写着，"元老人已死，听命于绿衣"。

尽管我是"魇"的第一杀手，可我对组织上的事却知之甚少。"魇"

传令讲究环环相扣，我只能听令于元爷爷，而元爷爷也只能听令于一个人，任何人也不得逾权。

可是绿衣不同。听闻，他是“魇”的首领。

现在元爷爷已经死了，取代他向我发令的人竟是首领，那么他让我杀的，一定不是凡人。

我在集市上兜兜转转，无所适从，脑海里混合着元爷爷的血和香囊里的画，以及白云飞初次见我时恬淡清澈的笑。

九

我回客栈的时候已近三更。

月黑风高，明日定是雨天。

一个绿色的影子静静地倚在窗前，房里太暗，我看不清她的容貌，只见她腰肢款款，胭脂幽香，定是女子。

“我是绿衣。”她的声音纤细，却隐隐透着倔强与威严。似是极为熟悉的一个声音。

我单膝跪下。

她将袖带随手一挥，已将我从地上扶起，说：“所谓是非，就是此是彼非。蔷薇，你可明白我的意思？”

我说：“对于宋人，辽人烧杀抢掠，其罪当诛。可是对于辽人，宋人何尝不是如此？不过是成王败寇的道理。”

绿衣赞许地点头，说：“侠之大者，为国为民。这话也同样可以用在辽人身上。”

我略略点头，不知她为何与我说这么多题外话。

“杀掉白云飞。”她一字一顿地说。

我骇然。怔住片刻，说：“其实白云飞只是个小人物……”

绿衣打断我，说：“杨慕钦行军打仗用兵如神，可是行走江湖的经验却远不及白云飞。这么多年来，倘若不是白云飞在身边辅佐相护，他根本活不到今天。”

我怔怔地望着绿衣，半晌，说：“蔷薇遵命。”

绿衣袖带一挥，纵身从窗子跃出。只剩声音回旋在我耳畔，她说：“儿女私情，你我都已没有资格。”

十

我在千门客栈找到白云飞。

正值乱世，城镇南迁，前堂空无一人。

我坐到他身边，声色平静，开门见山。

我说：“你为什么要找耶律威，那个送我香囊的男孩，对你来说，真的那么重要么？”

“当年我与父母走散，在树林被豺狼袭击，是他救了我。后来我的父母将他收养，八岁那年他却忽然失踪。”

“如果你找到他又怎么样？他是契丹人。”我声色平静。

白云飞叹气，说：“其实我也不知道我为什么要找他。我只是，想再见他一面。”

他顿了顿，说：“我杀了你的元爷爷，你不恨我么？”

“恨。”我说。

没有爱就没有恨。

白云飞有些歉疚。他说：“叶蔷薇，其实我不想伤害你。”

迷恋一个人到了极处，稍微柔软一点的语句都可让我如坠云端。可是现在，我只觉，心暮成雪。

我凑到他身边，抬头，说：“你可以吻我么？”

迟暮的夕阳为他英俊的脸庞绣上金边。这个白衣胜雪的男子安静地坐在我面前，宛如神明。

他瞬间愕然，不知所措。

我看得到他眼睛里的惊艳，亦知道现在的我定是美极，双唇如情花般嫣红。

我用手环住他的颈，笨拙地吻。

良久，他的手掌覆上我的腰肢。

他终于回应我。

这个吻，我等待了多少年。

十一

良久良久，良辰美景徒然虚设。

他嘴角带甜，血液却开始冷却。

我推开他，不去看他含恨的一双眼。

我背对着他离开，唇红似血。

有种毒的名字叫无色蔷薇。施毒的人将它涂在唇上，双唇会如盛放的蔷薇般，妖艳的鲜红，让人情不自禁地想要拥吻。

中毒的人血液会在片刻之内凝结成冰。

无色蔷薇没有解药，见血封喉。施毒的人也一样要死，只不过是早晚的问题。

这些已经不再重要。

因为我曾经炽如烈火、艳如蔷薇的心，已在他对她的爱面前，褪色，凋零。

终究，落入尘埃。

十二

我始终没有告诉白云飞，当年那个救他的小男孩就是我。

耶律威，耶律薇，叶蔷薇，她们根本就是同一个人。又或者说，那只是同一个人的三种身份。

久远记忆中，我一直在用惴惴而窃喜的眼神凝望着他，一眼万年。

那时候，眼明的大人都能看出我是女孩子。只有他，驽钝如斯，以为穿男装的小孩就一定是男孩子。

一别十年，我们重逢。却始终无法让他知道，有个契丹女子八岁时就爱上了他，转眼间，这么多年。

十三

传说,“魔”的首领绿衣已在宋朝隐匿多年,她的真实身份和容貌,没有人知道。

可是当我第一眼见到她,我就已经知道她是谁了。

绿衣身上有我熟悉的药味,是我那日为她解毒时所留。

被自己心爱的人背叛欺骗,那该是轮回也洗不去的苦吧。

所以我永远都不会让白云飞知道,“魔”的首领绿衣与江南闺秀苏凝羽,也不过是同一个人的两种身份。

殇花禁

那一年的蜀山，梨花盛开，香雪如海。

天殇轻轻拂开我的手，眼神疼痛地看着我说："花意，你还是忘记我吧。"

他转身离开，背影仓皇。

也许他是对的。如我这般，纠缠痴恋，徒自心苦，复有何意。

可是天殇，你该知道，刻骨情爱，缱绻相思，至死方休。

正如轻云蔽月，流风回雪。

掩饰得了一时，终究，骗不了自己。

一　蜀山云顶莫紫青

今日是蜀山的斋期，众多弟子不需一起去云顶练功，只是在各自的院落里打坐静修。

芙蓉院门口忽然传来阵阵嘈杂。正坐在石阶上打坐的我倏地睁开眼睛，只见大师姐司凉音带着一群人风风火火地冲进来，冷冷瞥了我一眼，径直往我卧房走去。

我跃至门前，挡住她，说："师姐，芙蓉院是我的地方。"

司凉音颇为得意地看我一眼，在我耳边轻声说："小贱人，给我让开！"一剑冷不防地刺过来，我侧身一闪，她已冲入房门。我叹口气，静立在门前，揣测着她这次又要怎么为难我。

片刻之后，司凉音握着两柄寒气逼人的长剑自我房中走出，高高举起对众人说：“本该由大师兄保管的紫青双剑忽然失窃，如今却在楚花意的芙蓉院中找到，人赃并获，师父这次若再不重罚，可是众怒难犯！”

我扬起下巴看她，说：“师姐，同门一场，你处处针对我，到底有什么好处。”看她的眼神，瞬间掠过一丝轻蔑。

司凉音忽地蹿到我面前，拔出青剑朝我刺来，说：“楚花意，你知不知道我最讨厌你什么？就是那种蔑视一切的眼神！”我向上一跃，踩在她的剑尖，拔出身侧的剑与她缠斗起来。大师姐的功夫一向不如我，可是青剑在手，亦知我不会伤她，招招只攻不守。转眼过了百招，我未占到半点上风。

这样打下去也不是办法，我后退一步，收住剑，说：“师姐，师父说过，切勿逼人太甚。”

司凉音置若罔闻，一剑横劈过来，我慌忙出剑抵挡。空中传来一个冷然的破音。我的剑挡不住无坚不摧的青剑，断了。

司凉音眼中闪过一丝杀机，紧接着又刺出一剑，直逼命门。我心中这才掠过一丝慌乱，青剑一出，我恐怕是没命再见天殇了。

就在这时，一道紫光横亘在眼前，格开了凉音的青剑。

我抬头，看见天殇握着紫剑，侧身挡在我身前。胜雪的白衣映衬着逼人的紫光，俊美得不似凡人。

司凉音功力不敌天殇，被剑气逼后数步。看着一脸牵挂的天殇，眼神瞬间冷了下来。“大师兄，你为什么总是护着她？”

天殇没有说话，回头看看我，说：“花意，你没事吧？”

我朝他摇摇头，不动声色地望向司凉音，眼角掠过一丝轻蔑。

司凉音说过，她最讨厌我这种眼神。

蜀山的庙堂上，师父丹辰子笑意盈盈地看看凉音，又看看天殇，最后看看我，淡淡地说：“你们谁先说？”

凉音抢着说：“师父，我在楚花意的芙蓉院里找到了紫青双剑。这个女子来历不明，意图不轨，说不定是拜血教派来的奸细，要借紫青双剑的力量劈开冰魄，唤醒血魔……”

“师父，紫青双剑一向由我保管，是我将双剑借给花意练功的，凉音误会了。”天殇打断司凉音，躬身对师父说。

丹辰子依旧是笑意盈盈，雪白的头发和眉毛垂在脸侧，看看我说：“花意，你有什么话要说？”

“弟子初来蜀山，定是处事的方法不当，才会令师姐对弟子有些误会，在此向师父和师姐赔罪。”我躬身低头，淡淡地说。

丹辰子缓缓点点头，说：“好了，你们都下去吧。”

“可是，师父……”司凉音不甘心就这样了结，急急地说。

“凉音，紫青双剑是天殇借给你的吧，然后你又借给花意。这是蜀山镇山之宝，以后不要再拿来玩了。”丹辰子温和地对凉音说，转身走进内堂，剩下我们三人面面相觑。

我淡淡地看了凉音一眼，又看看天殇，扬起唇角，露出温婉感激的笑容。

师父那一番话，已经点出事情的始末。无非是凉音从天殇那里盗取紫青双剑嫁祸给我，而天殇生性宽厚善良，没有揭穿她，只是说直接借给了我。

司凉音，看来我还应该多谢你。经过这件事，恐怕师父和天殇都会更信任我了。

二　苍外空城清月悬

蜀山之巅的皑皑冰雪，终年不化。我踩着松树树冠向山下奔去，脚下白靴所过之处，有积雪细碎坠落。映着明亮的月色，银粉一般晶亮摄人。我暗自叹息，不知何时才能练成天殇那样的轻功，可以御剑飞行，踏雪无痕。

蜀山的山腰四季如春。我顺着小路走出树林，只见漫山遍野的杜鹃花丛中，矗立着一个我再熟悉不过的身影。

司徒空城一袭黑衣，双手淡然地背在身后，腰间挂着一把残破的剑。当我走到他身后五尺的地方，他缓缓回过身来，面无表情地望着我。迷离的夜色中，他的眼神寒星一般晶亮。

我拂开袍摆，躬身下拜，说："花意知罪。"

司徒空城没有说话，冷然地站在那里，眸子里闪过一丝洞穿一切的光亮。

"丹辰子的镇元神功已经练到第七重，所以花意实在没有机会……"我见司徒空城面色如冰，小心翼翼地轻声解释。

"所以你应该在他练到第九重之前，杀掉他。"司徒空城打断我。淡漠的声音由远及近地掠到耳边，一双修长冰冷的手扶起半跪的我。一股力量透过他的掌心传递到我背上，我抬头，司徒空城英俊得近乎完美的脸近在咫尺。刀削一样的轮廓，幽深似海的眸子，斜飞入鬓的浓眉。深夜的花丛中，这样接近的姿势，散发着花香一般的暧昧。

曾几何时，我是那样虔诚地期盼着这种暧昧。可是如今，司徒空城已不再是我心中至高无上的神明。当我们很接近的时候，他并没有珍惜我。

我不着痕迹地推开他，后退两步，说："主公交代的事，花意自会全力效命。可是蜀山耳目众多，如果主公没有别的吩咐，花意先退下了。"每月初五，我都会来这里等拜血教的人。司徒空城是拜血教的护法，在教中一人之下，万人之上，原本没有必要亲自来的。

其实司凉音的栽赃是对的。我是拜血教的一名暗人，由司徒空城一手调教，两年前奉命潜入蜀山。

司徒空城将一只陶色瓷瓶放入我掌心，说："你入蜀山已有两年，丹辰子已经很信任你。我知道，你之所以迟迟不下手，是因为莫天殇。"

我看着他瞬间掠过一丝杀机的眼睛，重重一怔。

"可是，他与你师姐司凉音早有婚约。更何况，人神魔三界流传着那个殇花禁的诅咒，你不是不知道。"司徒空城捏起我的下巴，冰雪一样冷峻的表情，唇边却挂着一丝凛然的笑意。

殇花禁。这三个字跟天殇的婚约一起，忽地震响了我的耳朵。我微微扬起下巴，说："殇花禁一旦出现，天下必当生灵涂炭。只是，没有人知道殇花禁这三个字到底是什么意思。我和天殇的名字不过碰巧可以凑成殇花二字，这不能证明什么。”

司徒空城忽然加了手劲，捏得我下巴生疼，一动不动地盯着我的眼睛，说：“这么说，你承认你对他有私情了？”

“是又怎么样？”我忽然倔强起来，狠狠地回望着他，不顾身份，不肯示弱，“十二岁那年，你把流落街头的我带回拜血教，亲手传授我琴棋书画，却不教我丝毫武功。府里的其他姐妹处处排挤我，以为你待我与其他人不同。十三岁那年，你送我紫金珠冠，红缎嫁衣，我以为你要娶我，欣喜得一夜无眠。第二天，花轿却是送往玄玉门……那时你也是这样把一只瓷瓶放在我的掌心，要我杀掉玄玉门的掌门。后来，你开始教我武功和法术，为了铲除拜血教的对头，又亲手将我送入青楼。”

司徒空城的手，一点一点地松了下来。而我亦只是叹气，再没有泪水流下来。这个冷峻如冰的男子，曾是我所仰赖的，神明一样的人。可是他却一次又一次地将我亲手送往其他人怀里，推向不同的肮脏的陷阱。不知何时起，岁月已将淡如雏菊的我染成决绝艳丽的牡丹，当我面对他给的绝望，最后一次倾尽全力浓烈绽放的时候，出现在我面前的，是白衣胜雪的天殇。

两年前，当司徒空城亲手将我送入天殇的房间时，我对他说：“这一次，我不会再说服自己原谅你。”

他的眼神顿了顿，什么话也没有说。

从那以后，我与他就此别过身去。

司徒空城本想让我用美色迷惑蜀山的大师兄莫天殇，然后寻机挑拨他与丹辰子反目。哪知天殇一见我，便认出我曾与他有一面之缘，说倘若我没有去处，可以说服他师父收留我。这个俊美男子净若无尘的眉宇间，没有半点尘世嘈杂，有的只是淳厚善良。司徒空城于是改变计划，让我以弟子的身份混入蜀山。

花香寂寂，月色凋零。

“我改变主意了。在杀丹辰子之前，你要先杀了莫天殇。”司徒空城背过身去，冷冷地说。

“不可能。”我一字一顿地说，“有我在，任何人都伤不了他。”我压低了声音，话一出口却是锋利逼人。

“凭你这句话，莫天殇必死无疑。”司徒空城回头，深深看我，乌黑的眸子里瞬间溢满了冷峻的杀机。

三　为谁归去为谁来

十岁那年的秋天，一个白衣胜雪的少年站在蜀山之巅淡淡地望我，剑眉星目，嘴角上扬。

彼时，我被附近村民的孩子追打，慌不择路，跑上蜀山，蓦地抬头，眼神触到山巅上的白衣少年，整个人怔在那里，只知呆呆地看着他。他周身散发的那抹纯净，雾一样弥漫进我的眼睛。对我这样的人来说，这是一种未曾见过的，可望不可即的纯净。所以格外吸引我。

分神之间被人捉到，按在地上，死命地打，嘴上骂着，哪里来的小叫花，敢到这里偷东西吃。

站在山巅的白衣少年腾云驾雾般乘风而至，众多顽童见到天人一般的他，一哄而散了。少年扶起我，轻声说："你，很饿吗？"

我双手攥着方才偷来的馒头，藏到背后，低头看着自己衣衫褴褛，蓬头垢面，脸一红，下意识挣脱他修长温暖的手，只因我不想弄脏他胜雪的白衣。

白衣少年将一锭银两放入我掌心，说："我叫莫天殇。若有什么难处，你可以来找我。"

我抬头，看着他清澈明净的眉眼，心中仿佛有光照入，豁然而温暖。

"莫天殇，我会回来找你的。"我朝他笑，然后飞快地转身朝山下跑去。

彼时我刚从拜血教的护法府中逃出来，流落街头。

司徒空城，这个名字是我心中的碑，如神明般供我仰望。可是他却亲手将我送到别的男人怀里，这比流落街头更让我难过。而就在我绝望心灰的时候，天殇出现，带给我一片澄明。多年以后我仍然记得，记得他胜雪的白衣，旗帜一般翻飞在蜀山之巅浩然的风里。

后来天殇带我去拜师，彼时的我已是面目清秀、衣着整洁的纤弱少女，并且凭着司徒空城给我的几部仙书学会御剑飞行的绝技，身手法术不输于那些长我几岁的同门。他终究寻回了我，他说："花意，这是你的命，你逃不了的。"

丹辰子是鹤发仙颜的一位老者，捋着雪白的长须微笑着对我点头，说："你若早些投入蜀山一门，造化远非如此。"

他答应收我为徒。

几百名同门齐齐跪在大堂，我终于在影影绰绰的人群中找到那张熟悉的脸，几年不见，他已长成俊秀男子，眉宇间多了一分凝重沉稳。他是蜀山大师兄，师父最宠爱的弟子。

“你叫什么名字?”师父和颜悦色地问我。

“楚花意。”我的声音明媚如歌。

刹那间，站在我眼前的师父登时变色，雪白纤长的眉毛拧成死结，堂下众人只见得到他的侧脸，是以没有察觉。师父探究地看我良久，又望向天殇。那眼神，意味深长，充满忧虑。

我惶恐地看着师父，知他向来飘逸淡泊，如此忧形于色必有深意，心中惴惴却也不敢开口询问。

良久，师父叹口气，面目慈祥地说：“花意，你今日入了我蜀山一门，日后定当潜心修行，为天下苍生，亦为光大仙宗。”

我释然，偷眼望向天殇，他远远地看我，粲然温暖地笑着。

蜀山是仙宗的起源，如今四海升平，魔界已经无法跟蜀山抗衡。

七百年前的一战，丹辰子的师父玄阳子用毕生功力将血魔镇在一块千年冰魄中，千年之内不会苏醒。百年之间，八方安稳，四海升平。

然而这繁华极乐的太平盛世与我无关，我每日想的念的盼望的，莫过于天殇能多看我一眼，轻柔耐心地指点我武功。天殇是个温柔谦和的人，技艺卓绝，才貌双全，对人却没有一丝棱角，不似我，总是一副傲霜凌雪的样子，对谁都不肯低头，即使明知是自己的不是，也不肯多说一句软话。师父总是夸我天资聪慧功力过人，师兄们多少也有些怜香惜玉的情结，是以事事不与我计较。而那些先入门的师姐就不同了，尤其是大师姐司凉音，事事百般刁难。渐渐地，蜀山上下，只有天殇一个人真心对我。

时常与天殇一起在蜀山之巅舞剑，雪花晶莹的光影中，他温煦的目光混合着夕阳晚照的余晖射进我眼底，无限温暖。

不知从什么时候起，天殇给我的温暖，渐渐暖化了我被司徒空城一次又一次丢弃的，结冰的心。他说："花意你可知道，当我第一眼见到你的时候，我就希望可以永远不跟你分开。"

四　冰魄血气照凌霄

今天是师父九十大寿的日子。天殇第一次这样违逆，拉了我的手跪到师父面前，在众人面前情辞恳切地说："师父，我与凉音的婚约并不是我想要的。师父，我想娶的人是花意。"

丹辰子这一次意外收起了笑意盈盈的表情，面无表情地看看他，又看看我，眼角浮现一丝苦涩的慈爱，说："你可以不要与凉音的婚约，可是天殇，你是不可以与花意在一起的。"

天殇的眼睛瞬间错愕，泉水一样清澈的眼睛溢满了不甘，定定地问："师父，为什么？"

"殇花禁。"丹辰子一字一顿地说，"没有人知道这个诅咒的含义。也许这是一个名字。天殇，花意，也许你们的缘分，注定要被禁的。蜀山仙宗，不可以拿天下人的性命冒险。"

我平静地看着丹辰子。一股冷意却在心间扩散开来。天下人的性命算得了什么？那么我的性命呢，又有谁真正关心过？

第二天，已将镇元神功练到第八重的蜀山掌门丹辰子，中了拜血教的独门气毒血凝散，被人自身后刺穿心脏，气绝身亡。蜀山之巅禁锢血魔灵魂的千年冰魄被人用紫青双剑击碎，血魔重现。

莫天殇与司凉音双双失踪。蜀山满门两百四十八人全部毙命。

我在满眼的刺目血色中醒来，痛苦地抱住头，撕心裂肺地呼喊。空旷的风掠过蜀山门庭，又嘲笑又怜悯。

我看着握在手掌中沾满了血的紫剑，一种渗入骨髓的绝望弥漫开来。

司徒空城说得没错。这是我的命，我逃不了的。

几年前，逃出来的我之所以跟司徒空城重回拜血教，是因为我落脚的客栈里的所有人在一夜之间被赶尽杀绝。我醒来的时候已在一片血泊中，手中握着茶几上的西瓜刀。

依稀记得昨晚有个小二轻薄于我，我随手抓起身边的西瓜刀砍过去……之后就什么都不记得了。看来司徒空城说得对，我体内蕴藏着一种强烈的魔性，当心中的杀机和罪恶唤醒这种魔性的时候，就会化作浩劫与杀戮，无可逆转。

清晰记得昨夜，当丹辰子说我跟天殇永远不可以在一起的时候，天殇寥落而寂寞的眼神。他乌黑的眸子里闪现的那种晶亮摄人的光芒，真真让人心碎。

他轻轻拂开我的手，眼神疼痛地看着我说："花意，你还是忘记我吧。"

他转身离开，背影仓皇。他说他再也不会回到蜀山。

也许他是对的。如我这般，纠缠痴恋，徒自心苦，复有何意。

可是天殇，你该知道，刻骨情爱，缱绻相思，至死方休。

正如轻云蔽月，流风回雪。

掩饰得了一时，终究，骗不了自己。

当我再次醒来，被鲜血染红的蜀山，空无一物。曾经禁锢血魔的冰魄在我身边破碎成片。绝望的我痛苦地挥手，眼前的山脉就轰轰然地塌陷下来。我震惊地看着自己的手，看着冰片之中折射出的我血红的眼睛，一行眼泪就顺着异常苍白的脸颊滑落下来。

司徒空城说得没错。我是最适合承载血魔魂魄的躯体。他说："花意，你应该摒弃自己的私情，世上有更重要的事等着你去做。总有一天我会臣服在你脚下，听你号令，生生世世。"

五　天若有情断心殇

那天之后，我再也没有见过司徒空城。转眼，便是十年。

江湖上也再没有司凉音和天殇的消息。

有关当年的那些疑团也渐渐烂在心里。比如青剑的去向，比如流浪在天涯的天殇，他会不会像世人一样，认为我是将蜀山灭门的血魔转世。

可是，天殇他可知道，我之所以会回到拜血教，是因为这世间我已无处可去。教众们将我神明一样地景仰起来，魔教势力迅速扩张。曾在蜀山仙宗带领下的人神魔三界，空前地混乱起来。

可是关于这些，我已无暇顾及。我日日待在冰冷华丽的宫殿里，看着镜中陌生苍白的自己，反复回忆着我与天殇的点点滴滴。当然，很多时候，我记忆中也会掠过司徒空城的影子，揣测着他去了哪里，为什么再也没有出现在拜血教。言出必行的他，到底有没有取了天殇的性命。

正在凝神之间，有侍者急急来报，一个叫莫天殇的男子，打退层层守卫，直直往大殿里攻来。

莫天殇，听到这个名字，我近乎麻木的心倏地就抽紧起来。像有什么绞住了我的心线，一丝一丝地酸疼起来。

就在这时，大门忽然被打开，刚刚向我报告的侍者被人一剑刺死。随着他的倒下，出现在我眼前的人，正是天殇。

我直直地看着他，双手剧烈地颤抖起来。十年了，他的脸庞俊朗如昔，却已不再有往日的清新清澈，眼中弥漫着雾一样的杀气。他冷冷地看着我，什么话也没有说。

“楚花意，我是来报仇的。是你杀了师父。”天殇面无表情地看着我，声线锋利而寒冷。

师父。这两个字落在我耳中，刻骨的愧疚涌上心间。又有谁知道，我多少次在梦里见到那个总是笑意盈盈，眼中充满宽容与爱怜的老人，我跪在他膝下，痛苦地说，师父，我不是有心杀你的。我也不想。然后鹤发童颜的丹辰子便会慈爱地拍拍我的头，眯起的眼睛缓缓张开……那双眼没有眸子，空洞洞的，只剩干涸的眼眶。然后我便会从梦中惊醒。冷汗混合着泪水，冻结了我的每一寸肌肤。

我向前一步，我想说天殇我好想你，我想说我不是故意要杀师父的，我想说我现在拥有的一切都不是我想要的……千言万语哽在喉中，忽然却什么也说不出来了。

天殇的眼角闪过一丝陌生的冷意，手中的青剑直直刺破了我的喉咙。

我难以置信地望着他，一串热泪洒在他握着剑的手上。他脸上仍是没有一丝表情，眼角深深地含着恨。

“你不是天殇……”我摇摇头，身体的力量一点一点抽离，躺倒在地上。即使明知道眼前这个人不是他，我却也贪婪地想要把这张朝朝暮暮出现在我脑海中的脸多看一眼。

“天殇，我好想你。我知道你不会这样对我的，你不会……”我轻声地说，意识渐渐模糊起来。其实这样，对我来说何尝不是一种解脱呢？

天殇的脸逐渐模糊起来，眼睛却愈加暴虐，他手中的青剑猛地又刺过来，颈间的血大片流淌，温暖异常。

“楚花意，你凭什么这么笃定天殇不会这样对你？我讨厌你这种虚伪执着的样子。”天殇的脸逐渐消失，落在我眼底的，是司凉音狰狞又不甘的笑容。

“天殇呢？天殇在哪里？”我艰难地问，眼中的鲜红色顺着温热的液体尽数散去。此时此刻，我不怪她取走我的性命。我只想再见一眼天殇。

“楚花意，枉你自诩聪明。其实那只是司徒空城和天殇把你保护得太好，你根本不配站在他们身边。”司凉音妖娆地笑，一边说一边摇头。“那一年，司徒空城为了让你重回拜血教，为了让你相信自己体内的魔性，派我杀掉那间客栈所有的人，再把剑放到你的手心。”

此时我已说不出话来。司凉音满意地看着我因为错愕而疼痛的表情，继续说：“这个表情很好。楚花意，为了你这个表情，我要把所有的事情都告诉你。”

六　姻缘错过泪殇花

“丹辰子九十大寿那个夜晚。天殇心灰，将紫青双剑放在师父房中，只身离开蜀山。

“丹辰子的镇元神功已经练到第八重，因为服了拜血教的血凝散，发觉体内真气逆行，于是将体内所有功力打入青剑之中。那时我已经用紫青双剑将镇住血魔的冰魄打开，赶忙用紫剑刺死他，可是青剑已经凭借丹辰子最后的意志，御风而去。

“司徒空城去找莫天殇，当他因为你对天殇的感情而犹豫的瞬间，青剑破空而来，落到天殇手里。天殇便用这把凝结了师父数十载功力的剑，刺死了司徒空城。

“因为这一剑，天殇必须死。

“是的。丹辰子是我杀的，蜀山上下也是我杀的，血魔的冰魄是我取走的，然后把碎片放在了你身旁。所有事都是我做的，因为我知道有你在一天，我就不可能得到我想要的。可是如若你死了，我想要的那个男人一定不会放过我。

“楚花意，你知不知道我为什么那么恨你？不是因为你学功夫比我快，不是因为你更得师父宠爱，也不是因为天殇。而是司徒空城。

“我亦是拜血教的暗人，从小由他亲手调教。我比你更在乎他，可他心里，从始至终，却只有你一个。

“我花了十年时间将血魔的功力收为己用，也花了十年时间取得天殇的信任。他听着江湖上的种种传闻，却始终不相信，是你杀死了师父和蜀山满门二百四十八条人命。

“楚花意，很好，我喜欢你用这种含恨的眼神看我。

“在我来之前，天殇已经不在人世。是我杀了他。因为他杀了司徒空城，更因为他到现在还想着你。我恨你，恨你得到这两个男人的爱。”

尾　声

我的意识渐渐模糊，颈间温暖的血逐渐冷却。

司凉音单薄的声音离我越来越远。依稀听到她说：“楚花意，你可知道，司凉音这个名字是我为了司徒空城而取。我姓花，花凉音。”

“殇花禁的诅咒，是我与天殇之间的事情。”

原来当生命消失的时候，所有的恨意都是可以泯灭的。我怜悯地看着她，我知道她一定又会讨厌这种目光。

“纵使一生无法相守，不得善终，可是我爱的人，自始至终都没有放弃我。而你，却背叛了你爱的人。我失去了很多，可是你却什么也没有得到过。”

我闭上眼睛。眼前浮现好多好多年以前，一个白衣胜雪的少年站在蜀山之巅，眼神澄澈如星。如雨的梨花瓣中，他的笑容温润美好。

天殇，我终于，可以再见到你了么？

没有烟没有花

他不知道，很多时候，喜欢一个人，其实就是那么肤浅的。

——就像那灿烂的烟花，刹那芳华，缘起总不知为何。

一世，便成灰。

一　妾家五岭南，君戍三城北

门外传来“砰”的一声，是茶盏破碎的声音，大嫂高声骂道：“你这死丫头，脑子里装的是浆糊吗？让你去沏点普洱茶，你看你冲的是什么玩意儿？”

绿翘的声音唯唯诺诺，道：“夫人息怒，奴婢知错了。普洱茶没有了，小厨房里只剩下些苦丁茶……”

紧接着又是“啪”的一声，大嫂的声音比方才还高：“普洱是茶饼，苦丁是一根一根的，你眼瞎啦！不中用的东西，看我今天怎么收拾你！”

我有点不忍，推门便走了出去，外头日光正好，我望一眼绿翘，轻笑说道：“大嫂，今天怎么这么有雅兴？哥哥前脚陪着母亲去伽蓝寺祈福，你这边就大闹天宫，可不太好。”

大嫂见我为绿翘出头，脸上便有些讪讪的，瞪了她一眼，摆出一张笑脸对我道：“烟花妹妹今儿起得可真早。我得去前厅安排上元灯节的事了，回头再同你聊吧。”说完转身走了，纤细背影袅袅婷婷。

大嫂闺名烟水，不知道的还以为我与她是两姐妹。她从过门起就很乖觉，知道哪些人可以惹，哪些人要留三分面，收拾起下人来也是干净利落。然而我是父母与哥哥的心头肉，她自然是不会来与我作对的。

我转头望着绿翘，只见她一双眼睛红得像兔子眼，长相虽然很普通，此刻却也有几分楚楚动人的风姿，垂头说道："谢谢二小姐。"

左右无人，我上前一步，压低了声音说："你不必谢我。其实我帮你，也是有私心的。"

绿翘一怔，蓦地抬眼看我，平淡无奇的五官，眼中也没有撩人的神采，可是因为性子温顺贤淑，也算得顺眼。我俯到她耳边，小声地说："把你的衣服和腰牌给我，我想出府去看看。我听说白风酒楼的清蒸鲈鱼很好吃。"

听了这话，绿翘却忽然惊了一惊，睁大了眼睛看我，眼泪忽然汩汩地涌了出来，仿佛被我触动了心底深处的心酸……她忽然哭得俯下身去，断断续续地说："二小姐这是想要绿翘的命么？那就请您拿去吧，反正绿翘也不想活了。"然后她就低声抽泣着，那么伤心，那么绝望。

我怔怔地望着她，那一刻，她眼中的辛酸我永生难忘。仿佛并不是在为受了委屈而哭，而是失去了整个世界。很久很久以后，当我也遇到了白若诗，才终于明白了那一刻，她的心伤。

我没有再让绿翘帮我，我只是偷了她的衣服和腰牌，在傍晚时分成功逃出了相府。话本上总说，外面的世界与闺阁里很是不同，有各种各样的人，各种各样的事。

那一年我十六岁，我那么迫切地想要了解这个世界。却在逃出去的第一日就遇见了他。

这个世界，从此不同。

二　雁来虽有书，衡阳越不得

逃出相府的时候，我带了不少盘缠，便找了一处装潢华贵的客栈。可是早晨醒来，却发现包裹已经不翼而飞，而我身上的衣服也不值钱，除了绿翘的腰牌，一无所有。

我很饿，沿着打听好的路线往白风酒楼走，还差一个巷口，就被一处传出来的菜香所吸引。虽然丢了盘缠，我心头还是莫名一松，刚走进去，就撞见一袭白得刺眼的衣裳，那人神姿挺拔，瘦削却不单薄，身上有淡淡的荷花香气，身量很高，我才到他胸口。

他垂下头来看我，刹那间如明光流泻，面似白玉，瞳色深深，鼻梁直挺得仿佛用尺子量出来的一般，双唇嫣然红润却无脂粉气，上挑的弧度有几分玩世不恭，忙把我扶到一旁，笑着说道："新来的客官，我可没撞到你吧？"

我并不说话，只是怔怔地望着他，看不够似的，只觉从未见过这般好看的人儿。

这时便有人在起哄，说："这又一个被白老板迷住的良家女子。白若诗啊白若诗，你欠下这么多的烟花债，以后可怎么还？"

我第一次出门，怔然无措，生平从未见过这样的场面，只歪过头去看向那人，正色说道："你怎么知道我的名字？"

那人望见我的脸庞，倒是忽然愣住了，一时嗫嚅着说不出话来。片刻之后竟也正色地站起身来，说道："我叫连素惜，是这家店的二老板。——烟花小姐，我失礼了。"其实他长得也不错，英俊有余，笔挺玉立，只是远不如白若诗那般惊艳。

这时店里面所有人都在看着我，我也怔怔地看着他们，场面一时十分诡异，最后是店老板将我轻轻扯走，引到靠窗的位置上坐好，笑着说道："这位客官初来本店，我做几样拿手菜给你尝尝吧？"

我点点头，目光盘桓在他脸上，心头咚咚跳着，脸颊莫名有些发热。

后来素惜总是说我，你瞧你看白若诗那个样子，真像个花痴。他每一次这样说，我心里都不承认，可是后来仔细想想，也许真是如此。

其实，花痴也需要勇气的吧。……后来多少个夜里独自无助流泪的时候，我宁愿自己，永远，永远没有遇见过这个人。

吃完了白风酒楼的拿手菜，我并没有钱付账。因为生平从未试过为银钱发愁，所以也不觉得这是如何大的一件事，只是好整以暇地擦了擦嘴巴，道："我吃完了，我没有钱。"

店小二愣了愣，见我一袭粗布衣裳，随即便要发怒。

倒是白衣老板及时晃过来把那小二打发走了，垂头看着我，说："小丫头，你是故意来捣乱的吧？"

我仰头看他，只觉那张脸庞真真如白玉，每当看向我的时候，便总有明光流泻，我眨眨眼睛，也不说话。

他望着我，忽然有一瞬间的怔忡，落在他眉头里，妖娆如烟，却不蛊惑，仿佛小池里的一朵新荷，让人移不开目光，却又不忍心攀折。良久他缓缓凑近了我，说：“你名字叫烟花？”

我本能地往后退了退，底气不足地点了点头。

他忽然笑了，说：“天底下没有白吃的午餐。你没有钱，便帮我做件事吧。”那一刻，他离得我这样近，衣角上弥漫着新荷一样清新的淡香。我仿佛被什么蛊惑住了，只是呆呆地看着他的脸。还未等我缓过神来，他已经塞给我一个紫竹食盒，里面隐约飞逸出酒饭的香气，他说：“烟花，你把这个给我送到城南大门，交给一个身穿玄色衣服的人。”

说这话的时候，他眼中仿佛有一闪即逝的凝重，随即又恢复成嬉笑轻松的样子，弓起食指轻敲一下我的额头，说：“事成之后，哥哥再请你吃一顿饭。”

我是相府的千金小姐，从小到大，只有我让别人做事，从未有人指使我去做过什么。提着那只紫竹食盒，我反而有些莫名的兴奋，仰头望着他那张明光流泻的英俊脸庞，我拍了拍胸口说：“你做好饭菜等我吧，我办完事就回来。”

见我这种反应，他怔了一怔，说：“小丫头，你还真是爽快。”

我把这理解为他的夸奖，有些得意地回眸一笑，就对上他那双有如夏日黄昏一般温柔潋滟的眼睛。那一刹那间的心动，我永生难忘。

……你爱过一个人吗？你恨过一个人吗？

人生若只如初见……可是人生又怎能只如初见？

一念之间，就成了永远。

三　别久情易料，岂在窥翰墨

我按照白若诗所说的话，站在城南大门下等待一个穿玄色衣服的人。他的影子在脑海里盘桓不去。……我想不明白，世界上怎么会有这种人，你光是看着他，便觉得春暖花开，春风拂面。

然而就在这时，身边忽有一道劲风掠过，便见眼前有一匹黑色骏马四蹄扬起，耀武扬威地立在我面前。

我惊得连跑开都忘了，却不忘冲口而出地抱怨一句："玄色衣服的人没见着，倒冒出一匹玄马来！"

就在这千钧一发之际，黑色骏马忽然长嘶一声，是马背上的人勒住了缰绳，半空里生生将马蹄调转了方向，他垂下头来，用审视的眼光看着我。

我受了惊吓，望着马上那人，有些不悦地撇了撇唇角，伸手遮住暮色夕阳，这才看清楚他的脸。不由一怔，冲口而道："连素惜？"

这人长得与方才那位酒楼二老板好像，只是眼神略显凌厉，盯了我片刻，目光缓缓沉了下来，说："你所说的连素惜，是不是与我长得一模一样？"

原本并不觉得什么，可是他这样一说，我却不知为何有些莫名的恐惧，抱着食盒退了几步，身后却是冰冷的石门。玄衣人翻身下马，一步一步逼近了我，目光如炬，他忽然问我："你是烟水？"

我一时有些反应不过来，他却已经紧紧扼住了我的手腕，说："带我去见我哥哥!”他手上有厚厚的茧子,我肌肤娇嫩,被扼得好疼。怀里的紫竹食盒掉落到地上,粒粒分明的白米饭散落一地,夕阳之下竟露出一面金灿灿的东西来。

那人俯身拾起,捏在指尖,露出一枚精致的虎头,我怔了怔,冲口而出地惊道:“这是……虎符!”

话音还没落,隐约见他抬起手来,我眼前一黑,绿翘的腰牌“叮咚”一声掉在地上,紧接着便失去了知觉。

再醒来的时候,我看见了白若诗。

他的脸悬在不远处,依旧如有明光流泻,好像在望着我,又好像不是。我疑心是梦,坐起来望着他的眼睛,正在俩俩相望看不够的时候,他忽然伸手推了我一下,笑道:“素惜说你是花痴,还真是没说错啊。”

我一愣,眨了眨眼睛,转头只见二老板连素惜正翘腿坐在窗边看我,笑说:“你不是第一个用这种花痴眼神看白若诗的人。……想必也不会是最后一个。”

看他们两个云淡风轻的样子,一时间我更疑心方才那玄衣人是梦,可是肩颈还在隐隐作痛,我有些搞不清楚状况,四下看看,说:“我怎么会在这里?”

白风酒楼的天字号客房,窗外涌进来一丝春末夏初的清香,白若诗收起嬉笑的表情,问我说:“你方才昏在了城南,紫竹食盒哪里去了?”

连素惜的表情也凝重起来,望着我的脸像是在等一个至关重要的答案。就在这时,楼下忽然传来一阵嘈杂的打斗声,隐约是桌椅横飞,一个洪亮的声音震得楼板都在微微颤动，喝道："贺兰青，你给我出来！"

白若诗一愣，与连素惜对视一眼，匆匆向门口走去，又回过头来嘱咐我一句："无论发生什么事，你都不要踏出这间屋子半步。"

门外忽然安静下来，隔着一道门板，我听见自己起伏的心跳。那个人的声音似曾相识，沉沉叫了一声："哥。"

"你怎么会来？"这是连素惜的声音，很冷静，与往日嬉笑轻松的样子不同。

"父皇病危，朝中大臣要接回嫡长子继位。"那人的声音与他有几分相似，他说，"贺兰青，你为何一直躲着我？若不是我打昏了那个傻女人躲在暗处，一时还真无法找到你们的住所。"

这时白若诗的声音响起来，他说："你们二人是双生兄弟，由谁继承皇位还不都是一样？贺兰绽，你既然已经拿到了虎符，便手握了西凉的兵权，又何必再来寻我们麻烦？"

那人沉吟片刻，忽然说道："我不只要虎符，还要你们的命！"隔着木门上的纱镂，我只见外面刀影一闪。

我不知为何心中一紧，转眼自己已经身在屋外。

……原来当你喜欢一个人的时候，真会变得无比勇敢，我挡在白若诗面前，那玄衣人的刀悬在我额头上方三寸的地方，我张开双手将他护在身后，说："我不许你伤害他。"

一时之间，所有人都愣住了。包括我自己，也包括白若诗。

那个人一袭玄衣，面容与连素惜并无二致，只是眼中多了一种冷峻和霸气，良久，竟缓缓将手中的刀放下了，轻叹一声，说：“三年前，你与贺兰青为了一个女子远走他乡。今日竟又有一个女子甘愿为你们而死。……白若诗，从小我就讨厌你，长大后你也果然带坏了我的皇兄。”他望一眼连素惜，沉沉说道：“皇兄，我再问你一遍，要不要回去继承皇位？”

连素惜只是沉默。

片刻后他说：“那么，我只好杀了你。——杀了你，我便是嫡长子。”此时他们两人面对面站着，就像照镜子一样，两端是一模一样的容颜，可是眼神却完全不同。

连素惜沉默良久，淡淡地说：“其实我知道，你并不是来寻我的。——你只是来除掉我。”说罢他一扬眸，瞳仁里有一丝悲悯的神色，“西凉一直内忧外患，当初我少年意气，带着白若诗来到中原，原本是为了助你成就一番大业，可是……”

他的话还没说完，这时四面八方忽有无数身穿铠甲的军士一拥而上，举着银光闪烁的刀剑将我们团团围住，为首那人声音朗朗，十分耳熟，说道：“早听闻白风酒楼的老板是西凉来的细作……这道虎符便是证据。今日人赃并获，给我押回大牢！”

我抬头，惊讶地张大了嘴巴，喃喃说道：“哥哥……怎么会是你？”却在望见哥哥冷峻眼神的时候，轰然想起那玄衣人初见我时的样子。

……那时他扼住我的手腕，说：“你是烟水？”

烟水……烟水……那是我嫂子的闺名。心头忽有数个念头闪过，可是却一个也无法坐实。我下意识地望向白若诗，那张脸庞依旧明光流泻，却无半点惧色，他说：“不愧是相府的公子，时辰赶得这样好。”

四　塞上无烟花，宁思妾颜色

上元灯节就要到了，这盏荷花灯上的簪花小楷是大嫂亲笔写就的，以前只觉她势利逢迎，还真不知道她还有这样一番才情——

妾家五岭南，君戍三城北。
雁来虽有书，衡阳越不得。
别久情易料，岂在窥翰墨。
塞上无烟花，宁思妾颜色。

午夜无人的时候，我提着这盏灯，偷偷潜到水牢里看白若诗。

狭小空间里光线很暗，我提起荷花灯来看他，那张脸依旧无懈可击，皮肤里仿佛有荷花的淡香，他望着我，轻轻笑了，说：“没想到你这小丫头，竟然是相府的千金。”

从小到大，总是有人说我聪明。可是哥哥却总说我聪明得不是地方。——其实作为一个女人，最聪明的地方就是知道如何装傻。

可是我怔怔望着那张总是令我心跳加速的脸，劈头问道：“你喜欢的人是洛烟水？”

那一刻，他脸上忽然浮现出一丝哀伤的神色，很深，又很浅，涟漪一样荡漾开来，我胸口觉得有些酸楚，他的眼眸沉浸在荷花灯淡淡的光晕里，他只是沉默。

我把那盏荷花灯摆到他面前，说："你若不说，我怎么帮你？大哥要将大嫂休了，将她凌迟处死。"

听了这话，他猛地站起身来，碰翻了我手里的荷花灯。

也便是那时，我才开始明白，喜欢一个人，原来竟会痛苦到这种地步。——只有当你眼看着他承认对另一个人动情，你才能明白自己究竟有多在乎这个人。

这时他才说了实话："三年前，我与连素惜……不，是西凉大皇子贺兰青一起来中原，为的是学习这边的风土人情，笼络朝廷里的达官贵人，为西凉起兵而铺路……却没想到在这座城里，碰到了洛烟水。"

上元灯节，忙完一众杂事，大嫂倚在中厅的牡丹榻上，一脸疲惫的样子。我提着那盏荷花灯走到她身边，说："为什么？"

午夜幽静，尽管我极力掩饰，这一声里还是包含了太多的嫉妒与惆怅。

她怔了一下，说："什么？"

"为什么要串通我哥哥，将白若诗他们一网打尽？"其实以我自己的立场，也注定是不能来兴师问罪的。可是我只是不解，为何她如此幸运，得到白若诗这样的男人的宠爱，却不珍惜，还要下狠手来陷害他们？

借着烛光，洛烟水原本那张无甚特别的清秀脸庞上闪过一丝怔忡的神色，只是转瞬即逝，她淡淡地回答我说："男人之间的事，我不想管，也管不了。你哥哥从未跟我提过西凉的事，以后他也不会提起。烟花，有时候夫妻二人相处，装傻比什么都重要。"

以前总觉得大嫂见风使舵，是个庸俗不堪的女人，然而这一刻我才发觉，其实她比我高明许多，她知道自己要什么，也知道该如何去做。而我心里却只是混乱，忽地站起身来挡住她的去路，说："你必须要帮我救出白若诗。"

"他那样的男人，你爱他有何用？"洛烟水直视着我的眼睛，瞳仁里有昭然的悲伤，她说，"他能为了连素惜而放弃我，日后也会有许多借口来放弃你。——爱上那样一个夏日朝阳般灿烂的男人，将会是你一生痛苦的开始。"

那时真是太年轻，内心柔软得经不起太多推敲，可是这一刻，我却是从未有过的坚定，我说："我不知道我以后会不会痛苦。我只知道现在，我不能眼看着我喜欢的人受苦。"

洛烟水的表情一瞬间有些奇异。狡黠……怅然……仿佛都是，又仿佛都不是。良久她朝我招招手，说："来，我告诉你该怎么做。"

当我打开牢门放走贺兰绽的时候，他一袭玄色衣裳，在暗夜里看来格外冷峻。我把那匹玄马的缰绳扔到他手上，说："快走。往西凉跑，不要回头。"

他隔着夜色望我，双目灼灼，说："你为什么要救我？"

"大抵是少不更事吧。"我笑得有些虚弱，无奈并且苦涩。身为相府的千金，其实我知道我这样做不对。可是为了白若诗，我没有办法。

谁让他有一张明光流泻的脸庞，和一双细长妩媚的美丽眼睛？

原来喜欢一个人，其实就是那么肤浅。

翻身上马，贺兰绽牵着马缰，威风凛凛地回过头来看我，没有一丝夜逃的狼狈与忐忑，他的笑容自信而坚定，他说："总有一天我会回来找你的，绿翘。"

说完他双腿一夹，玄色骏马飞奔而出，风驰电掣很快就没了踪影。

绿翘？我想起那日不小心掉落的腰牌，也未往心里去，转身便匆匆走了。

大皇子连素惜不肯回国，他的双生弟弟贺兰绽便是西凉的皇太子，哥哥生怕放虎归山，连夜带人追了出去。相府的侍卫倾巢而出，所以我去水牢营救白若诗的时候，简直可以说是轻而易举。

白若诗却不肯走，他说："我是大皇子的近身侍卫，多年以来，却未曾为他做过什么。如今无论如何也不能独自逃走。"

我有些心急，说道："连素惜是西凉皇室的人，又曾与洛烟水有染……所以哥哥将他关在一处很隐秘的所在，恐怕是凶多吉少，你又何必为他陪葬？"

白若诗的眉头微微蹙起，看起来十分让人心折，我有一种替他展眉的冲动，可是就在这时，他忽然伸手握住了我的腕，语气中隐约竟有一丝哀求，他说："小丫头，带我去救连素惜，好不好？"

这一生之中，我最多回味的，大概就是这一刻短暂的时光。他牵着我的手走夜路，分明是忐忑不安的，我却甘之若饴。乌云蔽月，檐下的灯火也不清晰，我却仿佛是走在一片明光里，因为他就在我身边。

密室里烛火晃晃，连素惜的脸沉浸在阴影里，神色仿佛暧昧不明。我上前打开门锁，隔着栅栏门叫他名字。

连素惜抬起头来，望见是我，眼角分明流过一丝失望。也便是在这时，夹墙外面的楼道里忽然传来一阵喧嚣，我回过头去，就见哥哥领着一队人站在我身后，望见我的脸，重重一怔，说："烟花，怎么是你？"

我一下子明白过来。

哥哥虽然忠心为国，可他也是个男人，与追捕贺兰绽比起来，他更愿意设下这个局来验证大嫂清白与否。

像上一次我为他挡刀的情景一样……还未来得及多想，我发现自己已经挡在了白若诗身前，侧头小声对他说："挟持我，带着连素惜出府。"

后来的后来，我经常会想，当白若诗偶然忆起我的时候，他会想到哪些场景？是初见，是离别，还是那一刻的命悬一线？

那一夜乌云蔽月，他将我半拢在怀里，用我的金钗指着我的喉咙。四下银光闪烁，是侍卫们寒意森森的刀刃……我无勇，也无惧，甚至忘记了我自己。

我只知道，这一刻，我离他那样近。这一切的一切，不能说我没有私心。

……我希望他对我永世不忘。

五　缘起总不知为何

连夜狂奔，我一路将他们送至汉水。河边芦苇葱郁茂盛，风一过，呼啦啦地响。白若诗卷了荷叶去为我们取水。独处的时候，连素惜对我说："烟花，谢谢你。"

我望一眼白若诗的背影，忽然间有些苦涩，便回了一句："一个谢字，有什么用？"

连素惜望着我的眼神有些悲悯，仿佛也有点别的什么，可是我也来不及深究，只听见他说："其实白若诗比我更像皇子，他天生就有一种吸引人的魅力。……如果当年不是因为我也爱上了洛烟水……他与她定会成为一对佳偶。"

他们这些过去，我想听，却又害怕听到，我打断他说："那些都是过去了，何必为旧的悲伤，浪费新的眼泪？我只希望他一辈子开心，即使不是同我一起。"

这时连素惜忽然怔住了，望向我身后，眨了眨眼睛。

我一转头，就看见白若诗脸上有转瞬即逝的沉吟，片刻后他嬉笑着说："小丫头，你才见过我几面，怎就会如此情根深种？一定是串通了素惜来捉弄我的吧。"

我心里突突跳着，表面却也学他的样子嬉笑："你说你除了有一张好皮囊，还有什么能吸引我呢？我可不是那么肤浅的人啊。——送君千里，终须一别，你们快走吧。"

白若诗哈哈一笑，折扇一挥，扬长便去了，头也不回。……他是在逃吧，用一种不知道该如何面对的姿态。

连素惜跟在他身后，回头望我一眼，轻叹一声，什么也没有说。

我望着他们远去的背影，孤单一人，良久良久，终于落下泪来。

他不知道，很多时候，喜欢一个人，其实就是那么肤浅的。

——就像那灿烂的烟花，刹那芳华，缘起总不知为何。

一世，便成灰。

尾　　声

半年的时光，仿佛转瞬即逝。我重回到相府，哥哥疼我，对过去的事绝口不提。高墙深院，仿佛与从前没有什么不同，可是我的心境，却已经不一样了。

花红柳绿宴浮桥，那一日，大嫂正从厢房出来，望见我，微微一笑。

一直以来，我的思念无人能诉，此刻四下无人，我忽然很想跟她说一说他的名字，便问："你有白若诗的消息么？"

洛烟水笑了，清浅秀美，与平素那个拜高踩低的侯门夫人判若两人，她说："其实当年白若诗之所以会放弃我，不是因为连素惜也喜欢我，而是因为他不相信他自己。——他这个人，用情太深，也太害怕失去，与他在一起的女人，都会很累很累。"

我一时无言，这时洛烟水又说："对了，府里的婢女绿翘就要出嫁了，听说是西凉新王钦点要过去和亲的，刚被圣上封了固伦公主。你同她关系不错，有空便去送送她吧。”

人的际遇真是没有办法预测。绿翘出身低，容貌也平常，在府里当个婢女都经常受人排挤，哪知竟这样忽然飞上了枝头。她成了公主，哥哥便在相府里又建了一套宅子给她，取名凤凰阁。

那是一个黄昏，暮光微薄，我穿花拂柳地走过一道小桥，却忽然望见了他。

魂牵梦萦，就会出现一些幻觉吧？我疑心那不是真的。可是他分明就站在那里，一张脸庞仿佛有明光流泻，白透似玉……光是看着，便觉得春风拂面。

我颤颤地上前一步，却在他的面前，看到了痛哭着的绿翘。她哽咽着靠到他的肩头，喃喃说道："我曾经说过，无论你什么时候回来找我，我都会义无反顾地跟你走。可是现在……"

白若诗轻抚着她的青丝，说道："过去我只当你是烟水的替代品，可是分开之后，我才明白我不可以没有你。"

我愣在原地，没有五雷轰顶，世界也没有塌陷。我只是忽然很想落泪，却又无泪可流。

绿翘哭得越发伤心，让我想起那一次她的眼泪。

……仿佛并不是在为受了委屈而哭，而是失去了整个世界。很久很久以后，当我也遇到了白若诗，才终于明白了那一刻，她的心伤。

直到今日，一切才有了答案。

当我代替绿翘远嫁西凉的时候，有人以为我是贪慕虚荣，有人以为我想振兴相府声威，有人以为我与西凉新王贺兰绽有私情。

我从不解释，也未曾向任何人表露心迹，我只是放了绿翘走，让她带着洛烟水亲手制作的荷花灯，远走高飞。

寂寞空庭春欲晚，梨花满地不开门。

这一生，我再也没有见过白若诗。

烟水两茫茫

那年江南，春衫薄袖，豆蔻年华。凡尘少年，情起总不知为何。

你不知我金枝玉叶，我不知你贵隐龙藏。

可又怎知，回到那面金壁琉璃墙，从此便是烟水两茫茫。

原来不是只有生离死别，阴谋算计，才算是悲凉。

一

昨夜起风，窗外桃花呜呜咽咽落了一地。

我在房里秉烛夜读，倦倦起身，外头已是日上三竿。赶忙把那本《牡丹亭》藏到枕头下。要是被大娘看到了，少不得又借引子在爹面前诋毁我。

算算时间爹正该下朝回家，草草洗漱过了打算去请安，推了门刚往外走，只见母亲迎面走来，一把将我拉到身边，压低了声音道："你爹今儿在朝中又受了上官将军的排挤，火气正大呢，你大娘在一旁劝着。待会儿你去了，可得事事小心。"

我不由蹙眉，在母亲面前也毫不避讳，道："他们两派在朝中斗来斗去，又关我什么事了？以前大娘仗着是太子的表姨，头都快仰到天上去。现在三皇子后来居上，我不过是与芸香公主交好，倒看我不顺眼了。"

如今皇帝老迈，夺嫡之争愈加明显。父亲身为丞相，站在太子这边已不是一年两年，可这太子除了是长子嫡孙，才华并无太多可取之处。三皇子年轻才俊，后起之秀，这两年风头越来越劲，皇上似是起了废长立幼之念。

上官将军与爹爹共为朝中两大支柱，两人斗了许多年。上官家支持三皇子，如今占了上风，爹爹又怎能不气？芸香公主是三皇子同父同母的亲妹妹，深得皇上喜爱，更是不折不扣地站在三皇子那边。去年春游，我与她一见如故，可惜我与公主交好，原本是件好事，如今却成了不是。

母亲握了握我的手，声音中有淡淡的凄凉："辰儿，娘知道你心高气傲，是娘没能给你个好身份。你长大了，才华样貌越来越出挑，你爹才肯多看我们母女一眼。如今在阮氏众多子女中，你已经锋芒太露。要是惹怒了你大娘，让你爹迁怒于你就糟了。"

我看着娘美丽眉宇间的一抹哀愁，心中不忍，道："娘，你放心。辰儿长大了，知道该怎么做。我不会去招惹大娘，但也断不会再让她来欺负您。"

说着，我折回房间，打开描金彩绘的梳妆盒，细细上了个梅花妆，这才娉娉婷婷往正堂里走去。娘总说不要太露锋芒，可是阮家有这么多的子女，若不锋芒毕露，又怎能吸引来爹的目光？

我在很小的时候就暗自立誓，总有一日，我要让娘在府里扬眉吐气，不再忍气吞声，任人欺凌。

我捧着一盏菊花茶走到前堂，道："春天气躁，爹喝口茶降降火，可别气坏了身子。”

爹本是一脸怒容，见到我，面色稍缓，淡淡应了一声，接过去抿了一口。

大娘瞥我一眼，视我为无物，继续道：“太子想抢下平乱的差事，为的不也是在皇上面前一显才华？你反倒把这差使给了上官飞鸿，一头得罪着太子，上官将军也不会承你的情，两头不是人呢。”

“砰”的一声，爹把茶盏重重撩在桌上，怒道：“太子有几斤几两重，你还不知道？我要不举荐上官飞鸿，平草寇的差事定会落到三皇子头上。到时候更是难堪！若不是因为你姐姐，我会辅佐那无用的太子这么多年？”说着哼一声，道：“他有三皇子一半聪明，皇上也不会想废了他。”

这几句本是大不敬的话，爹的声音又极冷，大娘不由讪讪地噤了声。她心中火气正无处发泄，目光落到我身上，道：“星辰，不是大娘说你，你明知道阮家与太子的关系，还要与芸香公主走得那么近？让太子殿下误会就不好了。”

我刚欲反驳，却又收了口，垂首看了爹一眼，声音楚楚可怜，道：“是，大娘，星辰知错了。”

大娘一愣，随即像是看穿了我，冷笑道：“星辰真是越来越乖巧，晓得以退为进，真是得了你娘的真传！”

爹不悦地瞥了大娘一眼，拍拍我的手道：“星辰，不必在意那些闲言闲语，要是真与芸香公主投缘，走得近了也无妨。”说着，爹轻叹一声，道：“说不定，日后要真是三皇子得势，我们阮家还要靠你呢。”

大娘闻言，眼中怒火更甚，却又不敢发作，狠狠瞪我一眼，郁郁别过头去。

我笑着跟爹应了，礼貌地跟爹和大娘请辞，便往宫里去了。

二

芸香公主甚得皇上宠爱，所以这芸香殿建造得很是精细，花园里有曲水流觞，亭台楼榭。她与我同坐在亭子里用糕点，远处是一汪碧绿的池水，有零星水鸟，触起阵阵涟漪。

我把今早的事与她说了，芸香掩面笑道："你啊，生得弱柳扶风，一派娇贵美佳人的模样，心却又那么深，不到后宫去试试身手，真是埋没了你。"

我心中微酸，可是知道芸香素来口没遮拦，只是玩笑，也不以为忤。

其实哪个女儿家不希望名正言顺，生来便得父母恩宠？又有谁希望，在家里整日钩心斗角，靠卖弄心机来换得父亲的庇护？

芸香从小便有得宠的母亲和能干的哥哥，她不会明白我的痛苦。

我有短暂的沉默，芸香并未察觉，忽然想起什么似的，道："对了，你可得当心了，我听说啊，太子这几天就要去你家跟你提亲呢。"

我一愣，只觉匪夷所思，说："怎么可能？我从未见过太子，他也不曾见过我。大娘一向看我不顺眼，又怎会让他跟我联姻？"

芸香叹口气，晃晃我的手，说："都怪我不好。上次你帮我画的那幅牡丹图，我在三哥生辰的时候借花献佛，转赠给了他。三哥对那画赞不绝口，说牡丹虽美，但总是不免流俗。可你却能把它真国色的庄严尊贵画了出来，真是难得。说想找机会见见你呢。”

我心下明白几分，只是叹气。

芸香继续道：“哪知，这话不知怎么就传到了太子耳朵里。你也知道，在朝中，三哥和太子斗得正厉害。三哥想要的，太子总要抢先夺了去。你们阮家又一向站在太子这边，他怎能不先抢了你，借这个机会去气一气三哥呢。”

我沉吟片刻，道：“今日在府里无意间听见下人说，明儿太子要过来，说不定就是为了这件事。芸香，你这回可害了我。”

芸香见我一脸愁容，调笑道：“太子啊，其实长得也不错，只是不如我三哥聪明。不然你就勉强嫁了他吧，说不定日后还能当个国母什么的。”

我瞥她一眼，嗔道：“你就说风凉话吧。谁不知道皇上将你许配给了上官家的‘飞将军’上官飞鸿？十四岁就领兵平定突厥之乱，听说还是个美男子，文韬武略，样样不输旁人的。你啊，都不知在夜里笑醒了多少次，如今却来看我的笑话。”

芸香脸一红，求饶道：“好啦，你别再取笑我了。其实我都为你想好对策了，东西已派人准备妥当，咱们今晚就启程。”

日落西沉。听了芸香的计策，我怀着惴惴又兴奋的心情走出芸香殿，蓦地抬头，忽见一个剑眉星目的男子正倚着栏杆看我，一袭藕荷色锦衣，银冠在夕阳之下闪烁着光辉。

他端详我片刻，温和问道：“你是什么人？叫什么名字？”

我想了想，答道：“劳烦尊驾去问芸香公主。我赶着出宫，误了时辰，可就回不去了。”

说罢，低着头在他面前走过。上了轿子，只是一笑置之，满心想着与芸香的明日之约。

三

正午阳光晃眼，集市上熙熙攘攘，我骑马招摇过市，只觉长年待在深闺里，外面的世界这么热闹新奇。眼角忽然瞥见路边小摊上放着一把绯色短剑，熠熠生辉。我不由勒马走过去，将那短剑拿在手里把玩。

身后却有一个声音，温和却笃定，说：“这把剑我要了。”那人说着，将一锭银子放在案上，小贩不由眼睛一亮。

我不悦，回过头去，只见一个青衫男子站在那里，身后跟着无数随从。他有一张秀气到极致的脸，甚至有些孱弱，眉心深处却藏着一抹与这气质不符的凌厉。

我见他一副贵气书生的模样，蹙眉道：“君子不夺人所好。明明是我先看中这把剑，公子这样硬抢，可不是君子所为吧。”

他的目光这才落到我身上。淡淡扬手示意手下不要开口，仔细端详我片刻，面上浮起一抹涟漪样的笑容，道：“名剑配美人。姑娘若是喜欢，便拿去好了。”

我一愣。此刻我分明穿着男子的衣裳，又刻意加粗了声音，他怎知我是女子？

正在我诧异之时，他却转身离去，身后随从面露诧异之色，纷纷瞪大眼睛看我几眼，便也跟在他身后走了。

又到黄昏，今夜是婉镇一年一度的烟花节，热闹非凡。我走在人群里，看着良辰美景，心中却有些失落。芸香没有来，我在大南门等了她许久，莫不是出了什么事？

回想起昨夜，我换上男装，在镜中前后自照，只觉白衣胜雪，平添了几分飘逸之气。母亲推门进来，见我这样，倏忽一愣，随即笑道："辰儿若是生为男子，不知多少姑娘要为你打破头了。"

我脸微红，拉母亲进屋，细细把太子的事讲了，安慰母亲说，芸香公主约我去婉镇看烟花，过几天就回来。到时候只说是她硬拉我去的，父亲也不会责怪我。且逃过眼前这一劫就好了。

婉镇一年一度的烟花节，其实我也早就向往，如今能与芸香同去，就当是了却一桩心愿吧。

母亲却说，宫中术士有人说，芸香今年命犯红鸾煞，是要有情劫的。你可别带她乱走，倒害了人家。

我却哪里肯听，安慰了母亲几句，便连夜出了阮府。

此刻不由轻叹一声，如果真像母亲说的那样，那么芸香不来，或许也是件好事吧。

寂寂星空，远处忽然腾起一簇烟花，在半空耀眼绽开，又如星雨一般纷纷落下。我被这种美惊呆，不由看得愣住。忽有一个小女孩挽着一篮子竹筒走到我身边，递一个到我手里，脆生生道："客官，这是婉镇特有的'烟花姻缘'。烟花姻缘，一生情定，待会锣声一响，您就可以打开这竹筒，跟你手中烟花图案一样的那个人，就是您的好姻缘了。"

我愣了一会儿，赶忙掏出一锭银子放在小女孩篮子里，把玩着手里的竹筒，心中有莫名的异样。

烟花姻缘。那一刻，我忽然想起《牡丹亭》中的唱词——"这般花花草草由人恋，生生死死随人愿，便酸酸楚楚无人怨。"我的良人会是谁？我又是否可与他生死相恋？

转眼，半空腾起数道亮光，我跟着众人拉开竹筒，只见同一时刻，半空中绽开两朵一模一样的牡丹花，瑰丽无双，霎时点亮了半个夜空。

我顺着另一朵牡丹的光辉，去看那个握着竹筒的人。

他也正望向我，一双秀目映着漫天流火，无端地生出一抹灼热来。一袭青色长衫，远远望去清逸似梅。

正是上午将宝剑相赠的那个男子。

他怔怔地看了我许久，我隔着人山人海回望着他，直到两颊渐渐泛起红晕。他却先错开了目光，转身带着诸多随从离去。

我心中莫名划过灼痛的失望，将用过的竹筒装在背囊里，郁郁地往客栈走去。

子夜客栈是京城皇室在这里兴建的，地点十分僻静，极少有人知道，是以尽管此时是一年一度的烟花节，人也不是很多。午夜归来，客栈里一片静谧，我经过楼下的小亭，忽闻一曲清音动人心魄。本是春末夏初的好时节，那琴声里却恍惚有连绵不断的秋意萧索，又隐约透着壮志凌云，只得放弃儿女情长的酸涩情怀。

我隔着满园绿树繁花，不由倚着墙壁听得痴了。禁不住轻轻吟道：“秋风入窗里，罗帐起飘扬。仰头看明月，寄情千里光。”

这是《子夜四季歌》中的秋曲，最能体现弹琴者此刻的心境。

——寄情千里光。念到此句，我想起方才烟花绚烂的光焰，不由一怔。

琴声却戛然而止。

良久，花墙那端忽然响起一个颇为熟悉的男声，道：“伯牙为钟子期摔琴祭知音。今日我与你无约而遇，整整三次。”说着他拨开重重柳叶花藤，无比接近地站到我面前，一双秀目眨也不眨地看着我，道：“世人总说，事不过三，知音难觅。我是不是不该再放开你?”他忽然揽我入怀，身上有寡淡高贵的熏香。

我软软靠在他怀里，好像四肢百骸都失去了知觉，恍惚若梦。其实我也不明白，为何只是一眼，我的目光，就不愿，也不能再放开他。我记得他在烟花绽放下，那双望穿一切的漆黑双眸，那么深，深得轻易就让我沦陷。

烟花姻缘，一生情定。

四

那年江南，春衫薄袖，豆蔻年华。凡尘少年，情起总不知为何。

你不知我金枝玉叶，我不知你贵隐龙藏。

日后无数次想起，只觉命运的捉弄，总是无处可逃。

他带我游遍江南，乘舟渡过万重山。中间是奔流不息的汹涌黄河，两岸青山若隐若现，他撑着桨，立于船头，一袭月白色长衫，清逸似梅。我坐在船头，看一眼秀丽山河，再看一眼他，只觉世间美好，莫过于此。

我站到他身边，倚着他，顽皮问道："你只说你叫飞鸿，又不说别的，莫不是有什么见不得光的来历吧？"说着，作势上下打量他一番，道："看你的样子嘛，像个书生。……可是书生又不会这么有钱。所以，你是商人吧？"

我朝他眨眨眼睛，一副自作聪明的模样。唯有在他面前，我才会卸下所有机心，只做单纯快乐的小女子。

他轻点一下我鼻尖，伸手揽我入怀，轻叹一声，道："将军白发征夫泪。我是行伍出身，你没想到吧？"

我是真的没想到，不由一愣，睁大了眼睛抬头看他。

飞鸿的目光变得幽远起来，他说："星辰，你无法想象战争的惨烈。风餐露宿，长途跋涉，前面的人倒了，后面的人会踏着他们的尸体走过去。鲜血染红了泥土，每一寸，都可能掩埋着同伴的骸骨。下一场战役，不管是将军还是兵士，都可能死去。……古来征战几人回？我以为我这样的人，此生最不该碰的，就是感情。"

他忽然低下头来看我，目光里凝满浓浓爱意："那日你女扮男装，一袭飒爽白衣。自我第一眼见你，便知你就是我要找的人。可是我身上早有婚约，又注定要在沙场上出生入死，我没有把握能承担你的一生。”

飞鸿俯身吻向我的唇，他掌心的灼热让我心慌，他的声音里带着迷醉，他在我耳边说：“星辰，可是当我第三次遇见你，我就知道，这一生，我逃不掉了。我愿为你解除婚约，即使全世界都说我薄情寡义，也无所谓。”

我不由感动，心想，看他的衣着谈吐，必是世家子弟，定是跟哪个大家闺秀订了婚，怕我一个乡野女子入不得门。于是安慰他道：“飞鸿，你放心，我虽然是妾室所生，可也总算是丞相之女，回去好好跟你家人说说，未必就不让我过门。”

飞鸿一愣，似是难以置信，挑眉问：“你说什么？你是阮丞相之女，阮星辰？”

我嫣然一笑，只道他是惊喜，说：“你又没问过我，可不怪我没告诉你呢。怎么，你觉得我很像乡野女子，小家碧玉么？”

他的目光凝滞片刻，随即松懈下来，双手将我揽得更紧，仿佛怕我会凭空消失掉。

与他在一起的时光总是飞快。转眼我已离开京城半月有余，芸香公主并没有来，没了她做挡箭牌，恐怕爹爹会责罚我呢。那夜我们住在江南最繁华的客栈里，楼下便是西湖，两岸垂柳如绿帘。我挽着他的手臂说：“飞鸿，陪我回家。你跟我爹去提亲，即使做不得正室，能给你当个侍妾，我也甘愿。”

他眼中有感动，随即是短暂的惶恐，他握住我的手，十指相扣，说：

“星辰，不要走。我们永远也不要回京城。”

我一愣，来不及说什么，他灼热的吻已经覆上我的唇。阵阵迷乱中，我的衣衫缓缓落地，白皙肌肤有寸寸红痕，那是他的印记。

那一夜，红罗帐暖，我犹记得他在我耳边说，爱是沧海遗珠，拾到者三生有幸。可这世上又有多少人，会为一个爱字抛却身家性命，骨肉亲情？

可是，我会。

为了你，我会。

五

飞鸿一直不肯说，他来江南到底为何。直到那夜，客栈楼下忽然杀声震天，我透过窗子望下去，只见无数山贼模样的人站在楼下，一时杀声震天，火把将天空映得亮如白昼，飞鸿将短剑塞进我手里，跟几个亲信说：“送她出城。若有半点闪失，军法处置！”

我惊住，道：“飞鸿，这到底是怎么回事？”

“这群草寇滋扰江南已久，我扮作富商招摇过市，为的就是引他们出手。哪知他们竟提前行动，差点连累了你。”飞鸿说着，打开书橱后面的密道，推我进去，说：“三日之后，西子湖畔，我在那里等你。”

如此惊险的场景是我从来未曾经历过的，我拉着他的袖子不肯松手，可是看着窗外的冲天火光，怕连累了他，咬牙转身走向密道。

他却一把拉住我，目光里有浓浓的不舍：“星辰，我会一直等你。直到你来了为止。”

辗转逃出杭州城，我与飞鸿的亲信已经失散。天明时分，我终于在大路上寻到一家驿站，坐在那里喝一碗解暑茶，却听旁边座上纷纷议论着，老皇帝驾崩，临终下诏将皇位传给了三皇子。如今京城尽在三皇子掌控之中，太子已被软禁，所有过去支持太子的人无不人心惶惶。

我一愣，手中的茶盏差点摔在地上。

爹爹一向辅佐太子，大娘又是太子生母的胞妹，如今三皇子得势，第一个要铲除的就是阮家！我重金跟店家买了一匹快马，望一眼西湖的方向，随即往北疾驰而去。

此时此刻，我怎可不陪在爹娘身边？以我与芸香公主的关系，也许三皇子还会放我们一马。我握紧了飞鸿送我的短剑，心中温软一片。

风尘仆仆回到阮府，原本可以媲美皇家的府邸，如今已有萧索之意，门口的下人见了我，忙不迭地进去通报，我以为爹爹少不得会喝斥我一顿，哪知，迎出来的却是大娘，那种殷勤，是我从未见过的。

她笑吟吟地拉我入座，一句不提我私自出府，道：“星辰，你可回来了。早说你是我们阮府飞出来的金凤凰，现在，可是你为阮家扬眉吐气的时候了。”

我望一眼第一次衣着如此华丽，并排坐在爹爹身边的娘，她脸上有温美的笑容和隐隐的哀愁。我疑惑地看一眼大娘，道：“您到底是什么意思？星辰不懂。”

爹似乎苍老了许多，他在桌上摊开一幅画卷，正是我去年画给芸香公主的牡丹图。旁边用朱砂御笔题着一行字——“唯有牡丹真国色，花开时节动京城”。

底下有方方正正的殷红小印，梅逸，是三皇子的名讳。

我心下一惊，已经明白几分。爹爹的声音似乎有些疲惫，他说：“三皇子行事狠绝，从前支持太子的人，抄家的抄家，发配的发配。只有阮家屹立不倒。——因为，他来向你提亲。”

我想到飞鸿，不由黯然，转眼已有泪盈满了眼眶，哀哀叫了一声：“爹……”

爹却别过头去，只是拍拍我的手，说：“这不光是爹一个人的仕途，也是阮氏全族的性命。星辰，你没得选择。”

我一瞬间心如电转。所有有关江南的画面，在我眼前呼啸而过。

是的，我没得选择。良久，我咬牙道：“立我娘为正室，给她一个名分。我便入宫。”

大娘一愣。在场所有人都是一愣。

我想起儿时的誓言，我要让娘在府里扬眉吐气，不再忍气吞声，任人欺凌。

如今，我终于做到了。可是为何，心中的痛楚，却无处躲藏？

盛夏将尽，芸香殿里百花萎谢。

我以为三皇子继位，她一定是满心欢喜。可是此时，她却斜在榻上，病恹恹的，眼眶绯红。“芸香。”我心中同样凄苦，轻轻唤她一声，眼睛却忽然被她墙上悬挂的画像所刺痛。

只见那男子一袭青色长衫,侧影如寒梅,清逸孤绝——竟然是他。

芸香忽然扑到我怀里,哭道:“星辰,我该怎么办?飞鸿忽然来信说要跟我解除婚约,他不惜违抗皇命,跟家里闹翻,也要跟我解除婚约……为什么?我究竟是哪里不好!”芸香兀自哭得惨烈,我却如遭雷击,愣在原地。

心中豁然惊醒,双手竟禁不住轻轻颤抖。飞鸿,飞鸿,顾飞鸿。上官将军妻家姓顾,我怎么就没想到?

名满天下骁勇善战的飞将军,奉旨去平草寇之乱。那句发自内心的“将军白发征夫泪”,和他听到我是阮星辰时那惊异的表情。

原来。

枉我自诩聪明,竟半点也没有察觉,命运跟我开了这样大的玩笑。

原来芸香命中红鸾煞,说的竟是我。是我亲手夺走了我最好的朋友的幸福。并且自己,也注定不得善终。

原来回到这面金璧琉璃墙,从此便是烟水两茫茫。

原来不是只有生离死别,阴谋算计,才算是悲凉。

六

三日之后,我派了阮府的家丁去西湖。我让他将那把短剑扔到湖里,并当着那男子的面,将那根废弃的烟花竹筒砍成两半。

他回来复命的时候，我杀了他。因为这段往事，我不可以让任何人知道。

就如那剑，永沉湖底。

皇上待我很好。原来他就是那日我在芸香殿外见到的锦衣男子。那日立春，他带着我在御花园里大宴群臣。君臣说到突厥北患，言语间都有担忧之意。

“臣上官飞鸿，自请带兵东征，誓死收复失地，平定突厥。”那是他的声音，我想忘却，却偏偏记在心尖。我低头看着手上的酒杯，竟半点儿也不敢抬头看他。

“突厥骁勇善战，此去艰险，卿家刚与芸香公主成婚，她可同意你去么？”皇上略有犹豫。

“为国捐躯，死而后已。”他的回答淡淡的，却又铿锵有力。没有人听得出，这声音里甘愿赴死的心灰。

我蓦地想起，这个声音曾在我耳边说过那样一番话，他说，将军白发征夫泪，你无法想象战争的惨烈。风餐露宿，长途跋涉，前面的人倒了，后面的人会踏着他们的尸体走过去。鲜血染红了泥土，每一寸，都可能掩埋着同伴的骸骨。下一场战役，不管是将军还是兵士，都可能死去。……古来征战几人回？我以为我这样的人，此生最不该碰的，就是感情。

一阵风吹来，我侧了头，眼眶倏地红了。

皇上凑到我耳边，小声说：“外头风大，你先回去吧。待朕下了朝，再回去好好疼你。”说着，他背着众人，对我促狭一笑，暗暗捏了捏我的手。

我脸颊一红，垂首应了，强自忍着，才没有让泪流出来。转身款款离去，只觉那道熟悉的目光，直直照在我背上，如万千钢针，刺痛着四肢百骸。

油煎火烤，莫过于此。

尾　　声

太和元年，“飞将军”上官飞鸿在突厥之乱中，浴血奋战，战死沙场。皇帝痛心不已，追封他为“定国公”，子孙世代承袭爵位，永为贵族。

此月，皇后阮氏诞一子，取名为“飞鸿”，以此纪念飞将军为国捐躯之恩。上至朝堂下至乡野，无不感喟皇后贤德。

芸香公主闻讯，却在亡夫墓前痛哭一晚，不知为何。

夕阳西下，一个头戴凤冠的女子迎风站着，城下亮起万家灯火，璀璨如星子。

恍惚中，她听到他的声音，她记得他曾在她耳边说，爱是沧海遗珠，拾到者三生有幸。可这世上又有多少人，会为一个爱字抛却身家性命，骨肉亲情？

他眼中有决绝，还有昭然的痛楚。他说，可是我会。

阮星辰，为了你，我会。

烟花姻缘，一生情定。伯牙为钟子期摔琴祭知音。今日我与你无约而遇，整整三次。

可是我辜负了他。

辜负了一生一世。

碎玉朱颜

天下的痴男怨女，皆是不求同年同月同日生，但求同年同月同日死。

我们终于，也亦如此。

一　咫尺

初春，细雨如丝。

我与侍女冷香站在寒山寺檐下躲雨。烟雨迷蒙中的姑苏城，淡淡地泛着白色，格外冷清纯净。

蓦地侧过头，看见同在这里避雨的唐玄远。一袭白衣，细碎的刘海垂在额前，眸子漆黑，眼神深邃，怀里揽着一个衣着华丽的绝色女子，明眸皓齿，软玉温香。

冷香凑到我耳边说："小姐，这个人就是姑苏城内有名的剑客，唐玄远。身边的女子走马灯一样地换，个个是胭脂头牌，才色殊绝。"

我点点头，没有说话。忍不住再去望他，正迎上他探询的目光。我的心像抽了丝，结了茧，忽然疼痛，然后僵硬。

他撇下身边的女子，微蹙着眉，径直走到我面前，说："小姐，我们以前是不是见过？在下好像在哪里见过你。"

我怔住，垂了头，不知该如何作答，尴尬地沉默。

冷香接口道："我家小姐是嫣红阁的妆娘，刚从京城迁来，应该不曾见过公子的。”

他的眼神空了一下，似是触动了遥远的回忆。顿了顿，说：“敢问小姐芳名？”

“李言秋。”我说，声音细微地震颤。这个男子，身上弥漫着令人迷醉痴狂的味道。可是这种味道，让我恐惧。“唐公子，告辞。”我躬身行礼，拉起冷香奔进雨里，一手提着裙裾，背影仓皇。

暮色渐浓，我能感受他凝在我身后的目光，久久不散。依稀听见玄远身边的女子千娇百媚地说：“唐公子，是您的口味变了么，怎么会忽然对这种姿色平庸的女子留意起来……”

唐玄远怔怔地站在原地，喃喃地说：“她的声音……李言秋。”

二　幻雪

回到嫣红阁，鸨母冯妈迎上来，说：“这是怎么了，淋成这样……对了，言秋，幻雪来找你，在房里等了你半天了。”

我走进房间，一个女子背对着我坐在梳妆台前，直直望着镜中娇艳的脸。

“幻雪，任务完成了么？”我问，同时让冷香去准备热水。

“当然。又有哪个父亲会对自己的女儿设防。”幻雪冷冷地说，一把撕下脸上的人皮面具，露出一张伤痕累累的脸，鲜血直流。

我跑过去将锦帕覆在她的伤口上，责怪地说：“幻雪你这是干什么？你明知道这种人皮面具要先用热水浸泡一个时辰才能取下来的。”我擦干她脸上的血迹，取出药粉敷在她脸上。

“言秋，我是杀手。可是为什么，我会这样厌恶我自己。”幻雪的眼泪大滴大滴地流下来，我知道这些泪水会让脸上的伤口更加疼痛。“你知道那个人死时是什么表情么？他眼看着自己的女儿手握利刃刺过来，眼神那样惊讶那样疼痛，死不瞑目。”幻雪伏在我的臂弯，狠狠地哭泣，如一只受伤的小兽。

我轻拍着她的背，找不到任何安慰的言语。今天幻雪去刺杀的人是巡抚府的侍卫总管，武艺卓绝，若非假扮成他的女儿，她是无论如何也杀不了他的。这就是身为寒炎帮杀手的悲哀，不但要杀死与自己毫无瓜葛的人，还要用这种卑劣的手法，装成死者最亲近的人，让他猝不及防，死不瞑目。

嫣红阁的妆师，这是寒炎帮给我的身份。一点胭脂唇红，一双纤细巧手，可以让那些本已姿色过人的女子更加美艳。姿色平庸如我，也因此得以在这春色旖旎的风月场中立足。而我的真正使命，是用易容术替寒炎帮的杀手改变容貌，助他们顺利完成帮里交代的任务。

无法在此时开口告诉幻雪，对于这种生活，我亦早已厌倦。尤其是今天，见到他之后。唐玄远，那个白衣胜雪的男子，眼神微凉，他问我名字的时候，目光那么温柔。

幻雪扬起婆娑的泪眼看我，说：“言秋，如果我未曾学过武功，是不是就不会走到今天这一步？”

“我只知道，如果我不会易容术，就无法活到今天。”我帮幻雪小心翼翼地料理伤口，她的脸因为长期粘贴人皮面具的缘故，已经粗糙得不成样子。是什么让一个风华正茂的美貌女子，心境苍老，容颜憔悴。

四年前的冬天，朱家的一场大火烧红了京城苍蓝的天。我由一个名门闺秀，一夜之间一无所有。寒炎帮的人救了我，要我为帮中的杀手易容。今年春天，寒炎帮的势力扩展到南方，我与幻雪被派到姑苏城。江南好风景，日出江花红胜火，春来江水绿如蓝。可是血，到哪里都一般的刺眼。

我将幻雪手上的人皮面具小心翼翼地洗净，收到精致的檀木盒子里。幻雪擦干了泪，定定地看着我面无表情地整理那一张张冰冷的人皮，说："言秋，有的时候，我真的觉得你很可怕。"

"你知道要怎样才能长久地改变容貌么？首先，要容貌尽毁。这样才可以牢固而长久地贴住一片人皮面具，彻底变成另外一个人。"

"言秋，你可知道我下个任务要杀的是谁。"幻雪忽然泄气，眼神直直地望着地面，眼泪凝在睫毛上，晶莹剔透。

幻雪要杀的是什么人，以前是从来都不告诉我的。因为我根本没有必要知道。寒炎帮要除掉的人，没有一个逃得掉。我朝她挑了挑眉毛，不置可否。

"他是姑苏城里的名公子。流连风月场，身边的女子，个个皆是闭月羞花之容，沉鱼落雁之貌。传说他只真心爱过一个女子，才色兼备，绝色倾城，却最终死于非命，让他从此绝望放纵，沉迷声色。可是言秋，我怎么可以杀他。我，爱上他了。"

"身为寒炎帮的杀手，本来就没有资格去爱什么人。"我面无表情地说。"那人是谁？"我问。

“姑苏城有名的剑客，唐玄远。”这个名字盘旋在空中，扩散到四周氤氲的水汽中，瞬间击中我心中最柔软的忧伤。手中的檀木盒子，应声而下。

“你怎么了？”幻雪关切地看我，冰凉的手指覆上我纤细的肩。我摇了摇头，与幻雪比肩坐下，直直地看着地面，不想让她看到我此时的表情。

“言秋，我该怎么办？”幻雪的声音是从未有过的苦涩。而苦涩的根源，却是爱上一个人时缱绻的甜蜜。

我忽然绝望，死命晃动幻雪的肩膀，摇不醒她的梦，却震出她眼中寡淡的水花。“幻雪，寒炎帮要杀的人，有哪个逃得掉。更何况，这样的男子，是以你的姿色和身份，可以爱得的么？”

幻雪没有再说话。两个相依为命的女子，互相依偎着流出隐忍多年的泪水。这是我家破人亡背井离乡之后第一次哭泣，有种割破伤口般淋漓的快感。可是身体里深入骨髓的痛，如何，流得尽。

为何幻雪爱上的，偏偏是他。

三　替身

仲春，黄昏。

幻雪推门而入，扔给我一个卷轴，说：“言秋，你可否把我变成她的样子？”

我接过卷轴，看了看，说：“尹清越，颐艳楼的头牌，最近唐玄远身边的红人。怎么,你舍得杀他了么?”

幻雪没有说话,坐到梳妆台前,对着镜子抚摩自己的脸。袖中忽然探出一把短剑,一下一下,割破自己的脸。

我震惊。世间没有一个女子不爱惜自己的容貌,于是我尖着嗓子喊:“幻雪,你这是干什么!”

幻雪的脸上已经殷红一片。她望着我,幽幽地笑,说:“言秋,你说过的,要想长久地改变容貌,首先,要容貌尽毁。”

“你杀了她?”我忽然冷静。幻雪的另一只手里,攥着一张女子的面皮。

“是。我杀了她。我要取代她留在玄远身边。这样不但可以脱离寒炎帮,还可以跟心爱的人在一起。”幻雪的眼神忽然变得陌生且凛冽。我忽然明白,一个女子为了得到爱情,是甘愿去做任何事的。一旦爱上一个人,便覆水难收,没了退路。

我没有再说话,接过她手中的人皮,擦干幻雪脸上的血迹,开始为她梳妆。半炷香的时间,眼前的幻雪已经与画中的女子一模一样。我从侍女冷香手中接过茶盘,倒了杯茶给幻雪,说:“让唐玄远带你走。寒炎帮要杀的人,没几个能逃得掉。”

四　错缘

幻雪紧绷的眉心略微舒缓,接过我手中的茶,一饮而尽。刚想跟我说些什么,却摇摇欲坠地倒下去。

我在茶里下了迷药。

我缚住幻雪的手脚，用白绢塞住了她的口，说："幻雪，你是我最好的姐妹，可是我不能允许自己的姐妹跟我爱上同一个男人。就像你杀死尹清越一样，一场逐爱的战争中，总要有人牺牲的，是不是？"

我取下幻雪脸上的人皮面具，小心翼翼地收到檀木盒子里。

夕阳晚照的余晕倒映在唐府清澈的池塘里，火红的云大片地流走，风拂绿柳，槐花满地。

我走到唐玄远面前，直直望着他的眼睛，说："寒炎帮要杀你。你可不可以，带我离开这里。"

心中默默地念。唐玄远，如果你答应，我可以忘记曾经种种，与你，重新开始。

他用食指抬起我的下巴，说："你应该知道，你这样的女子，我是不会留在身边的。"我凄凉地笑，眼泪流入口中，苦涩寒凉。

"很多很多年以前，我爱过一个叫瓔珞的女子。她死了，也带走了我生命中所有的爱。我想我再也不会爱上什么人。女人之于我，不过是古玩字画一样，用来赏玩。你这样的姿色，恐怕没有收藏的价值。"他居高临下地看着我的眼睛，眼神凉薄。

我扬手，一个清脆的耳光。

"失礼了。"他舔了舔嘴角，笑容桀骜，转身欲走。

"其实瓔珞只是一个借口。你之所以没有爱，是因为你没有心。"我夺门而去，霎时收住了所有的泪水，恢复成面无表情的一张脸。

"我想起来了，你是我在寒山寺遇见的那个女子……李言秋。你的声音……”唐玄远站在我身后，声音里蕴满了惊讶。

我提起裙裾，没命地跑。

一寸相思一寸灰。

我知道他想说什么。

我的声音，为什么，这样像璎珞。

五　天涯

海棠睡，春将晚。

唐玄远怀中拥着另一个女子，见到我，淡淡地说：“清越，这么多天没见你，上哪去了。”

我抬头，垂着眼，不敢让他看见我的眼神。其实连我自己都无法想象我看他的眼神应是什么样子，浓烈的爱恨，纠结的过往，已经让曾经最简单的相思，变了颜色。

他撇下怀中的女子，走到我身边，说：“清越，几天不见，你好像更美了。”

那一夜，唐府的庭院上空绽放出华丽的焰火，五颜六色的花，盛放，即凋零。唐玄远揽着我，说：“明日唐府就要举家西迁了。塞外明月，不知是否也与中原一样阴晴圆缺。”

我将头靠在他肩膀上，伸手抚平他眉间微蹙的细纹。踮起脚尖，细碎地吻。这些事隔多年的炽热与温润，秘而不宣的唇语。我融化在他怀中，多么希望所有的爱，所有的恨，以及所有的记忆，都可以在这一刻尽数泯灭。

灿烂一夜，长眠今生。

黎明如染，层层浸透了黑暗。

芙蓉帐暖。我手握短剑，紧紧抵在唐玄远的胸前。食指轻轻描画着他脸上坚毅的轮廓，乌黑的眉，细长的眼，直挺的鼻梁。

他忽然睁开眼睛，睫毛纤细修长。我手中的剑刺入一寸，鲜血汩汩涌出，迅速扩散。

“你也是寒炎帮的人?”他问。

“我的声音，你真的不记得了么。”我的脸开始泛起疼痛，一漾一漾地灼热。

我闭上眼，用尽所有的力气将短剑完全插进他的胸膛。

太多太多的话，终究出不了口。

应该如何开口，述说这么多年爱恨纠缠的相思。

应该如何开口，说，我就是朱璎珞。

六　真相

大雪纷飞。白色的花朵浓烈地绽放，寒气妖娆。

四年前的冬天，全年最后的一场大雪，积聚了那年冬天所有的寒凉。

殷红的血痕烙印在银色的苍茫大地，灼目的疼痛，朱家燃尽了的大宅，覆上一层薄薄的雪。我蜷曲在角落里，眼看着唐玄远自我身边走过，口中喊着璎珞的名字。我蠕动着嘴唇，可是熏伤了的喉咙发不出声音。当时的我，尚且不知道自己烧伤的脸，已然面目全非。

遍寻璎珞而不获。我眼看着他跪在朱家空旷的院落里，流着泪忏悔，说："璎珞，对不起。朱家是寒炎帮的财源，不得不除。可是璎珞，我本不想连你一同烧死的。我已约你在邀月茶楼，你为何不来？"

其实我本应该去的。只是爹爹不许我与你见面，将我反锁在柴房，延误了时间。

我们始终错过。错不过的，只有对立和仇怨。曾经名满京城才色殊绝的朱家小姐，就这样销声匿迹。再精湛的易容术也无法恢复我的容貌。我只好取下死去的侍女言秋的面皮做成面具覆在脸上，入了寒炎帮，成了李言秋。我恨你，一心找你寻仇。由北到南，却仍然无法放弃所爱。朱家一百二十三口人命，又怎会抵不上这相思之苦，断肠蚀骨。

又该如何让你知道，像我这样的人，是不可以再用易容术的。已经贴在脸上四年的人皮面具，要用曼陀罗草的草汁浸泡才能取下。可是为了接近你，为了冒名顶替绝色的女子，为了这灿烂的一夜，我只能如此。

曼陀罗是毒性很强的毒草。中毒的人，活不过十二个时辰。

直到死，你仍然不知道。

天下的痴男怨女，皆是不求同年同月同日生，但求同年同月同日死。

我们终于，也亦如此。